Orlando Syrg Taschenbuch 12017

OR
SY
TA

Über dieses Buch

Dada, Antidada, Phantasten und Wunderdilettanten, sowohl miteinander verbundene als auch gegeneinander kämpfende Polemiker. Dieser Band versammelt klassische Texte Hugo Balls, Carl Einsteins und Ludwig Rubiners aus dem frühen 20. Jahrhundert, Zeit der ungeliebten Moderne, nach wie vor Phantasie und Geist aufrührend, die Vorstellungskraft inspirierend!

Die Autoren

Hugo Ball,
* 22. Februar 1886, Pirmasens - † 14. September 1927, Sant'Abbondio-Gentilino/Schweiz; Schriftsteller, Biograf, Mitbegründer der Dada-Bewegung, Pionier des Lautgedichts; detaillierter Lebenslauf, siehe Nachwort des Herausgebers, S. 144.

Carl Einstein,
* 26. April 1885, Neuwied - † 5. Juli 1940, bei Pau/Frankreich; Kunsthistoriker, Anarchist, Kritiker, Schriftsteller; detaillierter Lebenslauf, siehe Nachwort des Herausgebers, S. 145.

Ludwig Rubiner,
* 12. Juli 1881 in Berlin - † 27. Februar 1920, Berlin; Dichter, Literaturkritiker, Essayist des Expressionismus, mit seinen Kriminalsonetten (1913) Vorläufer des Dadaismus; detaillierter Lebenslauf, siehe Nachwort des Herausgebers, S. 147.

Der Herausgeber

Joerg K. Sommermeyer (JS), geb. am 14.10.1947 in Brackenheim/Heilbronn, 4. Kind des Physikers Prof. Dr. Kurt Hans Sommermeyer (1906-1969, Physikalische Grundlagen der Medizin, Biophysik, Radiologie, Quantenbiologie, Korpuskularstrahlung; auch bekannt wegen seiner abenteuerlichen Schleichfahrt mit U-537 im September/Oktober 1943 nach Nordamerika und der Aufstellung einer Wetterstation in Labrador). Kindheit in Freiburg i. Brsg. Studierte Jura, Philosophie, Germanistik, Geschichte und Musikwissenschaft. Klassische Gitarre bei Viktor v. Hasselmann und Anton Stingl. Unterrichtete in den späten Sechzigern Gitarre am Kindergärtnerinnen-/Jugendleiterinnenseminar und in den Achtzigern Rechtsanwaltsgehilfinnen in spe an der Max-Weber-Schule in Freiburg. 1976 bis 2004 Rechtsanwalt in Freiburg. Setzte sich für eine Verstärkung des Rechtsschutzes bei Grundrechtseingriffen ein (Unterbringungsrecht, vgl. Entscheidung des Bundesverfassungsgerichts vom 7.10.1981, BVerfGE 58, 208; Durchsuchungsrecht, strafprozessuale Überholung, u. a., vgl. BVerfGE 96,27; BVerfGE 96,44; BGHSt 44, 265). Zahlreiche Veröffentlichungen in juristischen Fachzeitschriften sowie Artikel in Musikblättern. Gründer und Vorsitzender der Internationalen Gitarristischen Vereinigung (1981-1988), Organisator und Künstlerischer Leiter der Freiburger Gitarren- und Lautentage, Herausgeber und Redakteur der Zeitschrift „Nova Giulianiad – Saitenblätter für die Gitarre und Laute" (1983 ff.). Juror beim Schlesischen Gitarrenherbst in Tychy (Polen) 1988 und Internationalen Gitarrenkongress Freiburg/Basel/Straßburg 1987. Komponierte Songs, schrieb Liedtexte, u. a.: Immer Wieder, Schicke Kleinigkeiten, In Meinem Kopf Zuhaus, Weiss Nicht, Abschied. Arrangements, u. a.: El Noy De La Mare, Greensleeves, What Shall We Do With The Drunken Sailor, Saint James Infirmary, Sometimes I Feel Like A Motherless Child, Streets of Laredo, Carrickfergus. Instrumentalmusik, u. a.: Berlin Autum, Sunday Evening, Escape In The Land Of Mordor or Frodo And The Orks, Rocking Bachs Bourrée. Etliche CDs, u. a.: "Total Overdrive", "Those Rocks & Lieders", "Nel Cuore Romanzo Rock", „Ergo". Herausgabe des Lyrikbandes „Leben Will Ich" von Josefa Gerhäuser (2002). "Anton Unbekannt, Pathoaphysischer Antiroman, Tragigroteskenfragment" (2008/2009). Edition der Abenteuererzählung „Nikunthas, König der Miami" von Franz Treller in der Bearbeitung durch Georg J. Feurig-Sorgenfrei (2009/2010).

Orlando Syrg, Berlin, 11. Mai 2017

Ball, Einstein, Rubiner

Balleinrubin

Hugo Ball
Tenderenda der Phantast

Carl Einstein
Bebuquin oder Die Dilettanten des Wunders

Ludwig Rubiner
Gedichte, Kritiken, Manifeste

Herausgegeben und mit einem Nachwort versehen

von

Joerg K. Sommermeyer

Orlando Syrg

MMXVII

1. Auflage 2017

Orlando Syrg, Berlin (vormals Freiburg i. Brsg.)

Orlando Syrg Taschenbuch

ORSYTA 12017

Herausgabe und Nachwort: Joerg K. Sommermeyer

Umschlaggestaltung: JS

Ölgemälde *„Der Phantast"* auf der Vorderseite des Umschlags sowie *„Das freundliche Tier"*, S. 148:

Liliane Doms & JS

Lektorat, Satz und Layout: Orlando Syrg, JS, Georg Metsch

Herstellung, Verlag: BoD - Books on Demand, Norderstedt

Made in Germany

ISBN 9783744816731

Inhalt

Hugo Ball

Tenderenda der Phantast

O vous, messeigneurs et mes dames
Qui contemplez ceste painture,
Plaise vous prier pour les âmes
De ceulx qui sont en sepulture.

Saint Bernard

Der Aufstieg des Sehers

Man findet sich in die Aufregungen einer imaginären Stadt versetzt. Ein neuer Gott wird erwartet. Donnerkopf (der im Roman nicht weiter hervortritt) hat seinen Wohnsitz auf einen Turm verlegt und gibt von dort buntscheckige Bulletins aus, die über den Fortgang der Angelegenheit unterrichten sollen. Ein lauer Abend bricht an. Auftreten eines Scharlatans, der auf dem Marktplatz eine Himmelfahrt in Aussicht stellt. Er hat sich dazu eine eigene Theorie ausgedacht, die er weitläufig vorträgt. Scheitert jedoch an der Skepsis des Publikums. Was das für Folgen hat.

An diesem Tage war Donnerkopf verhindert, dem Festakte beizuwohnen. Siehe er saß vor Atlanten und Zirkeln und kündete Weisheit der oberen Sphären. Lange Papyrusrollen ließ er, mit Zeichen und Tieren bemalt, vom Turme herab und warnte damit das Volk, das unter den Nestern stand, vor den kreischenden Scharen der Engel, die wütend den Turm umflogen. Jemand aber trug an diesem Tage an langer Stange ein Schild durch die Stadt, darauf stand:

Talita kumi, Mägdlein steh auf;
Du bist es, du wirst es sein.
Gossentochter, Jubelmutter,
Die Erhangenen und die Verbannten,
Die Gefangenen und die Verbrannten
Rufen nach dir.
Befreie, o benedeie,
Du Unbekannte,
Tritt herfür!

Mit Fasten und Purgativen bereitete sich die Stadt auf eines neuen Gottes Erscheinen vor, und tauchten schon aus der Menge etliche auf, die im Gedränge *Ihm* wollten begegnet sein. Eine Warnung ward ausgegeben, besagend, dass, wer die Glockenräder und Lumpentürme besichtige oder betrete und ohne Ermächtigung abgefasst würde, bei lebendem Leibe solle des Todes sein. Frisch aufgeblasen ward der Kausalnexus und sichtbar vor aller Blicke den heiligen Spinnen zum Fraß ausgesetzt. Mit Klappern und Dudelsäcken bewegten sich händeringend die Bitt- und Kaffeeprozessionen der Künstlerschaft und der Gelehrten. Aus allen Lüften und Luken aber hingen die Wasserzeichen und ragten die gläsernen Spritzen. Da, über den Marktplatz, wie auf Verabredung, schritt violetten Gesichtes der Seher, gebot den lachenden Häusern, den Sternen, dem Mond und der Menge und sprach:

»Zitronengelb stehen die Himmel. Zitronengelb stehen die Felder der Seele. Den Kopf haben wir schief zur Erde geneigt und die Ohren weit aufgetan. Die Schürzen und Kutten haben wir ausgespannt und der Rücken aus Knallporzellan blinkt im Gefüge.

Wahrlich ich sage euch: meine Demut gehet nicht euch an, sondern *GOTT*. Jeder suchet ein Glück, für das er nicht ausreicht. Keiner hat Feinde, so viele er haben kann. Eine Schimäre ist der Mensch, ein Wunder, ein göttliches Ungefähr, voll Tücke und Zwielist.

Eines Tages kannt' ich mich selbst nicht mehr aus Neugier und Argwohn. Siehe, da kehrte ich um und hielt Einkehr. Siehe, da brannte die Kerze und tropfte auf meinen eigenen Schädel. Meine erste Erkenntnis aber war: klein und groß, das ist Aberwitz. Groß und klein, das ist Relativismus. Siehe, da schnellte mein Finger hervor und verbrannte sich an der Sonne. Siehe, da ritzte der Zeiger der Turmuhr den Boden der Straße auf. Ihr aber glaubet zu fühlen und werdet gefühlt.«

Er machte eine Pause, um sich das Ohr zu scheuern, und warf einen Blick in das fünfte Stockwerk des vierten Gebäudes. Dort ragte Lünettes rosaseidenes Bein aus dem Fenster. Darauf saßen zwei geflügelte Wesen, die saugten Blut.

Und der Seher fuhr fort:

»Wahrlich, kein Ding ist so, wie es aussieht. Sondern es ist besessen von einem Lebgeist und Kobold, der steht still, alslang man ihn anschaut. So man ihn aber entlarvet, verändert er sich und wird ungeheuer. Jahrelang trug ich die Last der Dinge, die ihre Befreiung wollten. Bis ich erkannte und sah ihre Dimension. Da hob mich die Inbrunst. Entsetzliches Leben! Da breitete ich meine Arme, zur Abwehr, und flog, flog pfeilgerad über die Dächer.«

Hier konnte man sehen, dass der Seher, vom Brausen der eigenen Worte betört, nicht hatte unhaltbare Versprechungen ausgelassen. Mit beiden Händen laut flatternd, erhob er sich, flog wie zum Versuch ein gutes Stück Wegs in den Abend, neigte dann aber die Kurve und kam, unter einigem Hüpfen, leichthin wieder zu Stand.

Der Pöbel, der bis zu den Hüften allseits des Markts aus den Fenstern hing, war erschrocken, schüttelte aber, da ihn das Schauspiel befremdete, ungläubigen Missbehagens den Kopf, schwenkte aus Leibeskräften die Salztrompeten und mitgebrachten Papierlaternen und schrie: »Das Vergrößerungsglas! Das Vergrößerungsglas!«

Es war nämlich bekannt geworden, dass der Seher bei seinen Gängen des Öfteren sich eines solchen Glases bediente, und so glaubte man denn nichts anders, als dass das Ganze nur ein Schwindel des Sehers sei, der mit solchem Instrument seine Schliche bemäntle. Auch gab es ein Intermezzo, indem eine neugierige Frau, die heftig an einer Fahnenstange geflattert hatte, abriss und vom Abendwind über die Dächer nach Osten getrieben wurde. Item: es flog ein Hahn mit zerfederter Sichel hoch über die Fächer der Damen, das galt als Zeichen anschlägiger Eitelkeit.

In der Tat zog der Seher, bestürzt und entmutigt, den Vergrößerungsspiegel aus der Tasche. Einen Spiegel beiläufig vom Umfange einer russischen Schaukel, wie sie auf Jahrmärkten zu sehen sind. Außerordentlich fein geschliffen das Glas, silbern gefasst und an langem Holzstiele zierlich befestigt. Er hielt diesen Spiegel in tragischer Pose hoch über sich, stob plötzlich empor, zersprengte den Spiegel, die Trümmer klirrten, und er entschwand in die gelben Meere des Abends.

Die Glasscherben des zerbrochenen Wunderspiegels aber zerschnitten die Häuser, zerschnitten die Menschen, das Vieh, die Seiltänzereien, die Fördergruben und alle Ungläubigen, so dass sich die Zahl der Verschnittenen mehrte von Tag zu Tag.

Das Karussellpferd Johann

Man schreibt den Sommer 1914. Eine phantastische Dichtergemeinde wittert Unrat und fasst den Entschluss, ihr symbolisches Steckenpferd Johann rechtzeitig in Sicherheit zu bringen. Wie Johann sich erst sträubt und dann einwilligt. Irrfahrten und Hindernisse unter Führung eines gewissen Benjamin. In fernen Ländern begegnet man dem Häuptling Feuerschein, der sich jedoch als Polizeispitzel entpuppt. Daran geknüpft historiologische Bemerkung über die Niederkunft einer Polizeihündin in Berlin.

»Eines ist gewiss«, sprach Benjamin, »Intelligenz ist Dilettantismus. Intelligenz blufft uns nicht mehr. Sie schauen hinein, wir schauen heraus. Sie sind Jesuiten der Nützlichkeit. Intelligent wie Savonarola, das gibt es nicht. Intelligent wie Manasse, das gibt es. Ihre Bibel ist das bürgerliche Gesetzbuch.«

»Du hast recht«, sagte Jopp, »Intelligenz ist verdächtig: Scharfsinn verblühter Reklamechefs. Der Asketenverein *›Zum hässlichen Schenkel‹* hat die platonische Idee erfunden. Das *›Ding an sich‹* ist heute ein Schuhputzmittel. Die Welt ist kess und voll Epilepsie.«

»Genug«, sprach Benjamin, »mir wird übel, wenn ich von *›Gesetz‹* höre und von *›Kontrast‹* und von *›also‹* und *›folglich‹*. Warum soll der Zebu ein Kolibri sein? Ich hasse die Addition und die Niedertracht. Man soll eine Möwe, die in der Sonne ihre Schwingen putzt, auf sich beruhen lassen und nicht *›also‹* zu ihr sagen, sie leidet darunter.«

»Also«, sprach Stiselhäher, »lasset uns das Karussellpferd Johann in Sicherheit bringen und einen Kantus singen auf das Fabelhafte.«

»Ich weiß nicht«, sprach Benjamin, »wir sollten doch lieber das Karussellpferd Johann in Sicherheit bringen. Es sind Anzeichen vorhanden, dass Schlimmes bevorsteht.«

In der Tat waren Anzeichen vorhanden, dass Schlimmes bevorstand. Ein Kopf war gefunden worden, der schrie »Blut! Blut!« unstillbar, und Petersilien wuchsen ihm über die Backenknochen. Die Thermometer standen voll Blut, und die Muskelstrecker funktionierten nicht mehr. In den Bankhäusern diskontierte man die Wacht am Rhein.

»Wohl, wohl«, sagte Stiselhäher, »lasset uns das Karussellpferd Johann in Sicherheit bringen. Man weiß nicht, was kommen mag.«

Auf himmelblauer Tenne, mit großen Augen, ganz in Schweiß gebadet, stand das Karussellpferd Johann. »Nein, nein«, sagte Johann, »hier bin ich geboren, hier will ich auch sterben.« Das war aber eine Unwahrheit. Denn Johanns Mutter stammte aus Dänemark, der Vater war Ungar. Man wurde sich aber doch einig und floh noch in selber Nacht.

»Parbleu«, sagte Stiselhäher, »hier hat die Welt ein Ende. Hier ist eine Wand. Hier geht es nicht weiter.« In der Tat gab es da eine Wand. Die stieg senkrecht zum Himmel.

»Lachhaft«, sagte Jopp, »wir haben, die Fühlung verloren. Ließen uns da in die Nacht hinein und haben vergessen, Gewichtsteine an uns zu hängen. Natürlich schweben wir nun in der Luft.«

»Paperlapp«, sagte Stiselhäher, »hier müffelt's. Ich gehe nicht weiter. Hier liegen Fischköpfe. Hier waren die Seekatzen am Werk. Hier hat man die Wellenböcke gemolken.«

»Weiß der Teufel«, sprach Runzelmann, »auch mir ist nicht recht geheuer. Man wird uns die Scharlatanenhemden über die Ohren ziehen!« Er schlotterte heftig.

»Das Ganze halt!« befahl Benjamin. »Was steht da? Ein Zeiserlwagen? Grün und mit Gitterfenstern? Was wächst da? Agaven, Fächerpalmen und Tamarinden? Jopp, sieh im Zeichenbuch nach, was das zu bedeuten hat.«

»Fatale Sache«, sprach Stiselhäher, »Ein Zeiselwagen zwischen Agaven. Schon faul. Weiß Gott, wo wir stecken.«

»Unsinn«, rief Benjamin, »wenn es nicht dunkel wäre, könnte man genau sehen was los ist. Der Quacksalber von Rossarzt hat uns den falschen Weg gezeigt.«

»Tatsache«, sprach Jopp, »wir stehen vor einer Wand. Hier geht es nicht weiter. Gundelfleck, steck die Laterne an.« Gundelfleck kramte in seiner Tasche, zog aber nur eine mächtige hellblaue Orgelpfeife hervor. Die trug er immerhin bei sich.

»Kommen Sie näher, meine Herren«, ließ sich plötzlich eine Stimme vernehmen, »Sie sind auf dem Holzwege.« Es war der Häuptling Feuerschein. »Wo tappen Sie nächtlicherweile herum? Und in welchem Aufzug? Nehmen Sie die Zelluloidnasen ab! Demaskieren Sie sich! Man kennt Sie! Was sind das für Schellenbäume, die Sie da bei sich tragen?«

»Das sind Pritschen und Klingelstöcke und Narrenpeitschen, mit Verlaub.«

»Was ist das für ein Blasinstrument?«

»Das ist der Nürnberger Trichter.«

»Und was ist das für ein Watteklumpen da an der Leine?«

»Das ist das Karussellpferd Johann, bestens in Watte verpackt.«

»Larifari. Was wollen Sie mit dem Karussellpferd hier in der Libyschen Wüste? Wo haben Sie das Pferd her?«

»Es ist gewissermaßen ein Symbol, Herr Feuerschein. Wenn Sie gestatten. Sie sehen nämlich in uns den sterilisierten Phantastenklub ›Blaue Tulpe‹.«

»Symbol hin, Symbol her. Sie haben das Pferd dem Heeresdienst entzogen. Wie heißen Sie?«

»Das ist ja ein entsetzlicher Kerl!« sprach Jopp, »das ist ja die glatte Robinsonade.«

»Mumpitz«, sprach Stiselhäher, »er ist eine Fiktion. Das hat dieser Benjamin angerichtet. Er denkt sich das aus, und wir haben zu leiden darunter ...«

»Sehr geehrter Herr Feuerschein! Ihr konföderiertes Naturburschentum, Ihre Latwergfarbe, das imponiert uns nicht. Noch Ihre entliehene Kinodramatik! Aber ein Wort zur Aufklärung: Wir sind Phantasten. Wir glauben nicht mehr an die Intelligenz. Wir haben uns auf den Weg gemacht, um dieses Tier, dem unsere ganze Verehrung gilt, vor dem Mob zu retten«

»Ich kann Sie verstehen«, sprach Feuerschein, »aber ich bin außerstande, Ihnen zu helfen. Steigen Sie ein in den Zeiserlwagen. Auch das Pferd, das Sie da bei sich haben. Vorwärts marsch, keine Umstände. Eingestiegen!«

Die Hündin Rosalie lag schwer in den Wochen. Fünf junge Polizeihunde erblickten das Licht der Welt. Auch fing man um diese Zeit in einem Spreekanal zu Berlin einen chinesischen Kraken. Das Tier wurde auf die Polizeiwache gebracht.

Der Untergang des Machetanz

Wie schon sein Name besagt, ist Machetanz ein Wesen, das Tänze macht und Sensationen liebt. Er ist einer jener verzweifelten Typen ohne seelische Haltung, die sich dem leisesten Eindruck nicht zu entziehen vermögen. Daher auch sein trauriges Ende. Der Dichter hat das mit besonderem Nachdruck hierher gesetzt. Wir sehen, wie Machetanz Schritt für Schritt der Besessenheit, dann einer tiefen Apathie erliegt. Bis er schließlich nach fruchtlosen Versuchen, sich ein Alibi zu schaffen, in jene religiös gefärbte Paralyse versinkt, die, mit Exzessen verbunden, seinen völligen physischen und moralischen Ruin besiegelt.

Da spürte Machetanz plötzlich einen Druck an den Schläfen. Die Produktionsströme, die seinen Körper gewärmt und gewickelt hatten, starben ab und hingen wie lange Safrantapeten von seinem Leib. Ein Wind bog ihm Hände und Füße um. Sein Rücken, ein kreischendes Drehgewinde, stob als Spirale zum Himmel. Machetanz, hämisch, ergriff einen Stein, der eckwärts aus einem Gebäude schrie, und setzte sich blindlings zur Wehr. Blaue Gesellen zerstürmten ihn. Hell brach ein Himmel zusammen. Ein Luftschacht legte sich quer. Über den Himmel hinweg flog eine Kette geflügelter Wöchnerinnen.

Die Gasanstalten, die Bierbrauereien und die Rathauskuppeln gerieten ins Wanken und dröhnten im Paukengeschnatter. Dämonen, bunten Gefieders, beklackerten sein Gehirn, zerzausten und rupften es. Über den Marktplatz, der in die Sterne versank, ragte mit ungeheurer Sichel der grünliche Rumpf eines Schiffes, das senkrecht auf seiner Spitze stand.

Machetanz fuhr sich mit beiden Zeigefingern ins Ohrgehäuse und scharrte daraus den letzten schäbigen Rest von Sonne, der sich darin verkrochen hatte. Apokalyptischer Glanz brach aus. Die blauen Gesellen bliesen auf Muscheltrompeten. Sie stiegen auf Lichtbalustraden und stiegen herab ins Glänzige.

Übelkeit überkam Machetanz. Ein Würgen am falschen Gott. Er rannte mit hochgeschwungenen Armen, stürzte und fiel aufs Gesicht. Eine Stimme schrie aus seinem Rücken. Er schloss die Augen und fühlte sich in drei mächtigen Sätzen über die Stadt geschnellt. Saugrohre schlürften die Kraft der mystischen Behälter. Machetanz sank in die Knie, saladigen Messgewandes, und bleckte die Zähne zum Himmel. Häuserfronten sind Gräberreihen, übereinandergetürmt. Kupferne Städte am Rande des Monds. Kasematten, die auf dem Stiel einer Sternschnuppe schwanken bei Nacht. Eine aufgeklebte Kultur blättert ab und wird von Knäden zu Fetzen gerissen. Machetanz tobt, vom Veitstanz befallen. Eins, zwei, eins, zwei: Mittel zur Fleischabtötung. »Pankatholizismus«, schrie er in seiner Verblendung. Er gründet ein Generalkonsulat für öffentliche Anfechtung und legt dort als erster Protest ein. Kinodramatisch erläutert er die Zwangsphänomene seiner Exzesse und Wachtraummonomanien. In einer magnetischen Flasche wird er umhergewirbelt. Er brennt in den unterirdischen Röhren eines Kanalsystems. Eine schöne Narbe ziert Machetanz' Auge mit weißem Glanz.

In zickzackfarbigem Hemd balanciert er auf ragendem Ätherturm. Er mietet den großen Schwung und rattert im Aufstieg zerbrechend durch das Gespeiche imaginärer Gigantenräder. Es drohen ihm die Gesichter des raschen

Entschlusses, der rührigen Kopfhaut, der meckernden Skepsis. Mit zerbrochenen Lungenflügeln hüpft er aus der Hand eines Kobolds.

Die Freunde verlassen ihn. »Machetanz, Machetanz!« kräht er von einem Kamin herab. Er entstürzt dem Konnex. Er zieht als Segment einer Sonnenfinsternis über schief hängende Kuppeln und Türme betrunkener Städte. Schlaflos und in ein Kinderwägelchen eingebettet wird er über die Straße gezogen. Es überschatten ihn die Landschaften des Errötens, der Trauer, der bräutlichen Seligkeit.

Machetanz faselt sich Dekadenzen zurecht. Er deponiert umfassende Angstkomplexe. Instrumentiert sich Hemmungen dazwischen. Falschmünzereien von seelischen Katarakten und Sensationen. Er rollt sich des Nachts zusammen im Leib einer Dirne. Die Angsthaut steht ihm steil hinter den Ohren. »Meint ihr vielleicht, ihr Tröpfe – « und schlägt auf den Boden, Schaum vor dem Mund, eine blaue Wolke. Er kriecht hervor in die Sonne. Er will das Erlebnis haben. Gras wächst missgünstig und treibt ihn zurück in die Finsternis. Vorhänge blähen sich auf und ein Haus entschwebt. Das ist die Katalepsie der Zerstörung. Zungen prallen in rotem Pfeilregen schräg gegen das Pflaster.

Gagny, die Bleierne, muss ihm den Scheitel kämmen, damit er nachdenken kann. Dagny, die Fischbraut, pflegt ihn, auf ihrer rechten Seite schillernd von Musikon. Machetanz hat einen Hauptmann erschlagen mit einem Gesangbuch. Er hat eine künstlich schwimmende Insel erfunden. Er stengelt in Bittprozessionen und verehrt Vagabunden-Jesus. Er hält die Laterne beim Totenamt, und so er sein Wasser abschlägt: es ist essigsaure Tonerde. Aber es hilft ihm nichts. Diesen Turbulenzen, Detonationen und Radiumfeldern ist er nicht gewachsen. »Quantität ist alles«, schreit er, »Syphilis ist eine schwere Geschlechtskrankheit.« Er nimmt ein Salzsäurebad, um seinen gefiederten Leib loszuwerden. Übrig bleiben: ein Hühnerauge, eine goldene Brille, ein künstliches Gebiss und ein Amulett. Und die Seele: eine Ellipse. Machetanz lächelt bitter: »Originalität ist ein Luftblasenkatarrh. Schmerzlich und unwahrscheinlich. Einen Mord begehen. Ein Mord ist etwas, was nicht geleugnet werden kann. Nie und nimmer. Schön Wetter machen. Immer die Armen lieben. Schon haben wir Gott als Supplement. Das ist fester Boden.« Und er blies Musikon ins Genick. Da zerwölkte sie sich.

Und er machte sein Testament. Mit Urintinte. Andere hatte er nicht. Denn er saß im Gefängnis. Er verwünschte darin: die Phantasten, Dagny, das Karussellpferd Johann, seine arme Mutter und viele andere Leute. Dann starb er. Auf einer Sodasuppe erwuchs ein Palmenwald. Ein Pferd bewegte die Beine und kam voran. Eine Trauerfahne wehte auf einem Krankenhaus.

Die roten Himmel

Landschaftsbild aus dem oberen Inferno. Ein Konzert heilloser Geräusche, das selbst die Tiere in Erstaunen setzt. Die Tiere treten zum Teil als Musikanten (sogenannte Katzenmusik), zum Teil in ausgestopftem Zustand und als Staffage auf. Die Tanten aus der siebenten Dimension beteiligen sich in obszöner Weise am Hexensabbat.

Die roten Himmel, mimul mamei,
Gehen im Magenkrampf mitten entzwei.
Die rotem Himmel fallen in den See,
Mimulli mamei, und haben Magenweh.
Die blauen Katzen, fofolli mamei,
An einem rotzackigen Wellblech kratzen.
O lalalo lalalo lalala!
Da ist auch die schnurrende Tante da.
Die schnurrende Tante hebt aus Schnee
Ihre trällernden Hosen und Röcke in d'Höh.
O lalalo lalalo lalalo!
Da sagte der Flötenbock: „So wie so".
Die tönerne Tuba fällt vom Dach.
Der doppelte Johann springt ihr nach.
O lalalo und mimulli mamei!
Auf eisernen Geigen kratzen zwei.
Das Pferd und der Esel schauten schief
Auf den Schneehahn, der aus der Tiefe rief.
Die blaue Tuba krachte sich eins –
Da sangen sie alle das Einmaleins.
O lalalo lalalo lalalo,
Der Kopf ist aus Glas und die Hände aus Stroh.

O lalalo lalalo lalalo!
Zinnoberzack, Zeter und Mordio!

Satanopolis

Eine mystische Begebenheit, die sich in der untersten Tintenhölle ereignet. Tenderenda erzählt die Geschichte vor einem Publikum von Gespenstern und Abgeschiedenen, von satanopolitanischen Einge-weihten und Habitués. Er setzt eine Kenntnis der Personen und des Lokals, eine Vertrautheit mit unterirdischen Einrichtungen voraus.

Ein Journalist war entkommen. In grauer Gestalt überschattete er die Weideplätze von Satanopolis. Man beschloss, gegen ihn zu Felde zu ziehen. Das Revolutionstribunal versammelte sich. Man zog gegen ihn zu Felde, der sich in grauer Gestalt tummelte auf den Weideplätzen von Satanopolis. Aber man fand ihn nicht. Er hatte sich unterschiedlichen Unfug zuschulden kommen lassen, aber er weidete vergnügt und aß die spitzen Köpfe der Disteln, die blühten auf den Wiesen von Satanopolis. Da ward sein Haus ausfindig gemacht. Es lag auf dem 26 ½. Hügel, wo die Pfanne der Dreieinigkeit steht. Mit Stocklaternen umstellten sie das Haus. Ihre Mondhörner leuchteten falb in die Nacht. Alle liefen hinzu, Vogelkäfige in der Hand.

»Sie haben da einen schönen Kanidklopfer«, sagte Herr Schmidt zu Herrn Schulze. »Spinöser Affront!« sagte Herr Meyer zu Herrn Schmidt, setzte sich auf seine Schindmähre, die seine Krankheit war, und ritt verdrossen davon.

Unterdessen standen viele strickende Guillotinenfurien da, und man beschloss, den Journalisten zu stürmen. Das Haus, das er besetzt hielt, war das Mondhaus genannt. Er hatte es verbarrikadiert mit Matratzen aus Ätherwellen und hatte die Pfanne oben aufs Dach gesetzt, so dass er unter dem ganz besonderen Schutze des Himmels stand. Er nährte sich von Kalmus, Kefir und Konfekt. Auch hatte er um sich die Leichname der Abgeschiedenen, die in großen Mengen von der Erde durch seinen Schornstein herniederfielen, so dass er für einige Wochen bequem es aushalten konnte. Er sorgte sich deshalb nicht sehr. Fühlte sich wohl und studierte zum Zeitvertreib die 27 verschiedenen Arten des Sitzens und Spukens. Er hieß Lilienstein.

Eine Sitzung fand statt auf dem Rathaus des Teufels. Der Teufel trat auf mit Kis de Paris und Ridikül, sprach einiges unwirsches Zeug und sang den Rigoletto. Man rief ihm hinauf, er sei ein gespreizter Einfaltspinsel, er möge die Späße lassen. Und man beriet, ob man das Haus, das Lilienstein mit dem Kneifer besetzt hielt, durch Tanz einäschern oder aber von Flöhen und Wanzen verzehren lassen sollte.

Der Teufel auf dem Balkon bekam das Beineschwingen und meinte: »Der Unterleib Matats endete in einem Dolch. Er hat die Matratzen aus Ätherwellen vor seinem Hause, und die Lügentürme schwanken um ihn im Gebläue ihres Fundamentes. Er hat sich mit Leichenfett eingerieben und sich unempfindlich gemacht. Ziehet in Horden von Leuten mit je einer Trommel am Gurte noch einmal hin. Vielleicht ... und dass es gelingen möge.«
Des Teufels Gattin war schlank, blond, blau. Sie saß auf einer Eselin und hielt ihm zur Seite.

Da machte man kehrt und marschierte zurück und sang zu der Trommel. Und sie kamen zurück an das Mondhaus und sahen die Matratzen aus Ätherwellen und den Lilienstein, wie er bei voller Beleuchtung einherspazierte.
Und der Rauch seines Mittagessens stieg oben aus seinem Schornstein.

Und er hatte ein großes Plakat angebracht. Darauf stand:

»Qui hic mixerit aut cacarit
Habeat deos inferos et superos iratos.«
(Das hatte er aber nicht selber erfunden, sondern es stammte von Luther.)

Und ein zweites Plakat. Darauf stand:

»Wer sich furcht, der ziehe ein Pantzer an.
Helpts, so helpts.
Denn es lebt und bleibt leben der Scheblimini.
Sedet at dexteris meis. Da steckts.«

Ich kann euch sagen, das wurmte sie mächtig. Und wussten nicht, wie sie den Lilienstein sollten herausbekommen. Doch sie kamen auf einen Gedanken: Hundekraut und Honig warfen sie über das Haus des Liliensteins. Da musste er heraus. Und sie verfolgten ihn.

Hinweg stolperte er über die Schlafkarren, die auf der Straße standen, der Schlafkrankheit wegen. Hinweg stolperte er über die Beine des Petroleums, das saß an der Ecke und rieb sich den Magen. Hinweg über die Bude der Schutzgöttin der Aborte, die kinderspeiend an langen Schnüren die etwa 72 Sterne des Guten und die 36 Sterne des Bösen tanzen ließ. Und sie verfolgten ihn.

Eine Apoplexie wälzt sich in himmelblauen Bändern. Blaudurstige Schecken kriechen. Wer diesen Phallus gesehen hat, kennt alle andern. Vorbei hetzte er an dem Tintenfisch, der die griechische Grammatik lernt und Veloziped fährt. Vorbei an den Lampentürmen und Hochöfen, in denen die Leichen der toten Soldaten flammen bei Nacht. Und er entkam.

In den Gartenwirtschaften des Teufels verlas man ein Manifest. Eine Belohnung von 6000 Francs war ausgesetzt für jeden, der über den Verbleib des nach Satanopolis geratenen Journalisten Lilienstein etwas Zuverlässiges zu bekunden oder Angaben zu machen habe, die auf die Spur des Unholds zu führen vermöchten. Bei den Klängen eines Posaunenchors ward es verlesen. Aber umsonst.

Schon hatte man ihn vergessen und ging seiner Wege, da fand man ihn auf dem Corso des Italiens. Auf himmelblauen Pferdchen ritt man dort aus, und die Damen trugen langstielige Sonnenschirme, denn es war heiß.

Auf dem Sonnenschirm einer Dame bemerkte man ihn. Er hatte sich dort ein Nest gebaut und war dabei brütend befunden worden. Er fletschte die Zähne und schrillte in einem durchdringenden Ton: »Zirrizittig- Zirritig.« Aber es half ihm nicht. Man zerrte die Dame, auf deren Sonnenschirm er flanierte, hin und her. Man beschimpfte, bespie und beschuldigte sie. Man erteilte ihr einen Stoß ins Gesäß, denn man hielt sie für eine Spitzelin. Da fiel er heraus aus dem Nest und die Eier mit ihm, und ein Johlen erhob sich. Aber man riss ihm nur seinen Papieranzug vom Leib. Er selber entkam und retirierte in das Gestänge der Bahnhofshalle, oben hinauf, wo sich der Rauch aufhält. Dort war es ganz offenbar, dort oben könne er sich nicht lange halten.

In der Tat kam er herunter nach fünf Tagen und ward vor den Richter gestellt. Jämmerlich war er anzusehen. Das Gesicht geschwärzt von Kohlenruß und die Hände besudelt von Tintendreck. In der Hosentasche trug er einen Revolver. In der Brusttasche neben dem Portefeuille das Handbuch der Kriminalpsychologie von Ludwig Rubiner. Noch immer fletschte er die Zähne »Zirritig-Zirrizittig«. Da kamen die Tintenfische aus ihren Löchern und lachten. Da kamen die Zackopadoren und schnupperten an ihm. Da schwirrten die Zauberdrachen und Seepferdchen überlings um seinen Kopf.

Und man machte ihm den Prozess: »In grauer Gestalt ruiniert zu haben die Weideplätze der Mystiker. Durch mancherlei Unfug Aufsehen erregt zu haben. Aber der Teufel machte sich zu seinem Anwalt und verteidigte ihn. »Afterreden und Schläfrigkeit«, sprach der Teufel, »was wollt ihr von ihm? Sehet, da stehet ein Mensch. Wollt ihr, dass ich meine Hände in Unschuld wasche, oder soll er geschunden werden?« Und die Armen und Bettler sprangen herfür und riefen: »Herr, hilf uns, wir haben Fieber.« Aber er schob sie zurück mit der flachen Hand und sagte: »Bitte, nachher.« Und der Prozess wurde vertagt.

Am nächsten Tag aber kamen sie wieder, viel Volks, brachten Rasiermesser und schrien: »Gib ihn heraus. Er hat Gott und den Teufel gelästert. Er ist ein Journalist. Er hat unser Mondhaus befleckt und sich ein Nest gebaut auf dem Sonnenschirm einer Dame.«

Und der Teufel sagte zu Lilienstein: »Verteidige dich.« Und ein Herr aus dem Publikum rief mit erhobener Stimme: »Dieser Herr hat keine Gemeinschaft mit der Aktion.«

Und Lilienstein fiel auf die Knie, beschwor die Sterne, den Mond und die Menge und rief: »Autolax ist das beste. Aus weichem Holz und Bast gebundene trichterähnliche Zapfen kennt schon das Altertum. Der Soxhletapparat ist eine Erfindung der Neuzeit. Das beste Abführmittel ist Autolax. Es besteht aus Pflanzenextrakten. Hören Sie mich:

aus Pflanzenextrakten! Es braucht kaum erwähnt zu werden, dass es sich um ein Erzeugnis der deutschen Industrie handelt«, stammelte er in seiner Not.

»Nehmet hin dieses Rezept. Ich beschwöre Euch. Lasset mich laufen dafür. Was habe ich Euch getan, dass ihr mich also verfolget? Siehe, ich bin der König der Juden.«

Da brachen sie in ein unbändiges Gelächter aus. Und der Teufel sagte: »Sapperment, sapperment, sollte man das für möglich halten.« Und der Herr aus dem Publikum schrie: »Ans Kreuz mit ihm, ans Kreuz mit ihm!«

Und er ward verurteilt, sein knopfig Selbstgedrehtes aufzuessen. Und der Tuifelemaler Meideles porträtierte ihn, ehe er dem Schinder überliefert wurde. Und alle Fahnen tropften von Hohn und Lauge.

Grand Hotel Metaphysik

Die Geburt des Dadaismus. Mulche-Mulche, die Quintessenz der Phantastik, gebiert den jungen Herrn Fötus, hoch oben in jenem Bereich, der von Musik, Tanz, Torheit und göttlicher Familiarität umgeben, sich klärlich genug vom Gegenteil abhebt.
Über keine Rede der Herren Clemenceau und Lloyd George, über keinen Büchsenschuss Ludendorffs regte man sich so auf wie über das schwankende Häuflein dadaistischer Wanderpropheten, die die Kindlichkeit auf ihre Weise verkündeten.

In einem Fahrstuhl aus Tulpen und Hyazinthen begab sich Mulche-Mulche auf die Plattform des Grand Hotel Metaphysik. Oben harreten ihrer: der Zeremonienmeister, der die astronomischen Geräte zu ordnen hatte, der Jubelesel, der gierig aus einem Kübel voll Himbeersaft sich erlabte, und Musikon, unsere liebe Frau, aufgebaut ganz aus Passacaglien und Fugen.

Das schlanke Bein Mulche-Mulches war mit Chrysanthemen ganz umwickelt, so dass sie beim Gehen nur spärlich ausschreiten konnte. Die rosenblätterne Zunge stieß flatternd ein wenig über die Zähne hervor. Goldregen hing ihr vom Auge herab und die schwarze Decke des Himmelbetts, das ihr bereitet stand, war bemalt mit silbernen Hunden.

Das Hotel war aus Gummi erbaut und porös. Die oberen Stockwerke hingen mit Firsten und Kanten weit vornüber. Als Mulche-Mulche entkleidet war und der Glanz ihrer Augen die Himmel färbte – : eija, da hatte der Jubelesel sich satt getrunken. Eija, da schrie er mit weithin vernehmlicher Stimme Willkomm. Der Zeremonienmeister verbeugte sich weithin vielmals und rückte das Fernrohr näher zur Brüstung, um die Cölestographie zu studieren. Musikon aber, als Goldflamme stets um das Himmelbett tanzend, hob plötzlich die Arme, und siehe, von Violinen schattete es über die Stadt.

Mulche-Mulches Augen verflammten. Ein Anfüllen ihres Leibes vollzog sich mit Korn, Weihrauch und Myrrhen, dass sich die Decken des Bettes hoben und wölbten. Mit allerlei Samen und Frucht stieg die Fracht ihres Leibes, dass kanntternd die Wickel zersprangen, darein er gebunden war.

Da machte sich alles rachitische Volk der Umgebung auf, die Geburt zu verhindern, die dem verödetem Lande drohte mit Fruchtbarkeit.

P. T. Bridet, die Totenblume am Hut, wuchs zeternd auf seinem Holzbein. Giftlache prägte sich auf seiner Backe. Aus der Stube der Abgeschiedenen eilte er grimmig herbei, dem Unerhörten erbost zu begegnen.

Und da war Pimperling mit dem Abschraubkopf. Das Trommelfell hing ihm zu beiden Seiten zerknüllt aus den Ohren. Ein Stirnband aus Nordlicht trug er, neuesten Datums. Typus des schlammüberfluteten Massengräblers, der, mit Vanille bepudert, aus Jalousien sehr schlimmer Dünste sich aufmacht, die Ehre zu retten.

Und da war Toto, der diesen Namen hatte, sonst nichts. Sein eiserner Adamsapfel schnurrte geölt im Winde, beim Laufen der Bise entgegen. Die Jerichobinde hatte er sich um den Leib geschnallt, damit seiner Eingeweide flatternde Lappen nicht sollten verloren gehen. Marseillaise, sein Schibboleth, strahlte ihm rot von der Brust.

Und sie zernierten die Gärten, stellten die Wachen aus und beschossen mit Filmkanonen die Plattform. Das donnerte Tag und Nacht. Als Versuchsballon ließen sie aufsteigen die violett ausstrahlende »Kartoffelseele«. Auf ihren Leuchtraketen stand: »God save the King« oder »Wir treten zum Beten.« Durch ein Schallrohr aber ließen sie auf die Plattform rufen: »Die Angst vor der Gegenwart verzehrt uns.« Dort oben derweilen versuchte der Gottheit geschäftiger Finger vergebens, den jungen Herrn Fötus hervorzulocken aus Mulche-Mulches rumorendem Leibe. Schon war es an dem, dass er vorsichtig lugte aus ragendem Muttertore. Aber mit schlauerem Fuchsgesicht zog er sich blinzelnd wieder zurück, als er die viere, Jopp, Musikon, Gottheit und Jubelesel mit Schmetterlingsnetzen, Stöcken und Stangen und einem nassen Waschlappen vereinigt sah, ihn zu empfangen. Und herrischer Schweiß brach aus Mulches gerötetem Körper mit Spritzen und Strahlen, dass alle Umgebung davon übergossen war.

Da wurden die unten ganz ratlos ob ihrer verrosteten Filmartillerie und wussten nicht, was sie beginnen sollten, ob abziehen oder verweilen. Und zogen die »Kartoffelseele« zu Rat und beschlossen, das liebliche Schauspiel des Grand Hotel Metaphysik mit Gewalt zu erstürmen.

Als ersten der Katapulte rollten sie heran: den Modegötzen. Das ist ein mit Similisteinen und mit orientalischem Trödel beladener funkelnder Spitzkopf mit niedriger Stirne. Dieweil er vom Kopf bis zu den Füßen aus hölzernen Lügen gedrechselt ist und auf der Brust als Berlocke ein Eisenherz trägt, kann man ihn nennen den Spaßlosen Götzen.

Schwarzhalsig ragt er mit Schellen behangen, die Stimmgabel des Lasters hoch in der erhobenen Rechten. Aber mit

Schriftzeichen über und über bemalt der Kabbala und des Talmud, schaut er doch gutmütig drein aus Kinderpupillen. Mit sechshundert selbstgelenkigen Armen verdreht er die Tatsachen und die Geschichte. Am hintersten Rückenwirbel ist auch ein Blechkasten angebracht mit Knallgebläse. Und so die ölgesalbte Entleerung stattfindet, entstürzen ihm afterling Generäle und Bandenführer, menschenunähnlich und mit den Gesichtern im Kote schleifend.

Doch senkt ihm von oben Jopp mit Musikons Hilfe die Zündschnur tief in den Magen, und da er mit Hespar, Salfurio, Akunit und Schwefelsäure geladen ist, so sprengen sie ihn und vereiteln den Anschlag.

Als zweiten Götzen bringt man den »Bärtigen Hund«, dass er mit urchigem Brüllen und Geifer die zärtliche Anekdote wegspüle von der Plattform des Grand Hotel Metaphysik. Mit Stemmeisen lüpft man das Pflaster der Religionen, damit sich ein Weg und Geleise eröffne. Die ›Ideologischen Überbau-Aktien‹ fallen rapid. »Oh Niederbruch in die Tierheit!« jammert Bridet. »Die magischen Druckereien des heiligen Geistes genügen nicht mehr, den Untergang aufzuhalten.«

Und schon faucht er heran, vorgespannt einer auf Rollrädern laufenden Kirche, hinter deren Gardinen ängstliche Priester, Prälaten, Dekane und Summi Episcopi Ausschau halten. Fünfgrätige Rückenwirbel schleppen sein räudiges Fell, in das Truppen hineintätowiert sind. Auf fliehender Stirne thront Abbild von Golgatha. Gefüttert mit einem Häcksel auf Kraftlinien stand er bislang im Stalle der Allegorie. Nun rollt er heran, sein Erstaunen zu pusten wider die Klangstimme Musikons.

Doch seine Wut überschlägt sich. Noch ehe sein Atem den Dachfirst erreichen kann, krümmt er den Rücken und lässt seiner Mannbarkeit Samen aus, der duftet nach Jasmin und Wasserrosen. Entkräftet zittern des Ungetüms Knie. Es leget das Haupt auf die Pfoten, demütig winselnd. Mit seinem eigenen Schweife zerschlägt es die wackelnde Ferienkirche der Volksvormünder, die es herangezogen. Und auch dieser Ansturm versaget.

Und während auf luftiger Plattform Musikons Goldflamme tanzet, umbala weia, da bringt man den letzten der Götzen heran: Puppe Tod aus Stuck, im Auto lang ausgestreckt, um ihn an Stricken hinaufzuziehen. »Hoch lebe der Skandal!« ruft Pimperling zum Empfang. »Poetischer Freund«, so Toto, »ein krank verstümmelter Leichnam ist um Euren Kopf. Kobaltblau sind Eure Augen gefärbt, lichtockergelb Eure Stirne. Reichet den Handkoffer her. Sela.« Und Bridet: »Wahrlich, verschwiegener Meister, Ihr duftet nicht schlecht für Euer Alter. Das wird einen Heidenspaß geben. Lasset uns jeder das Tanzbein schwingen, das er dem andern entrissen hat. Lasset uns einen Triumphbogen bauen, und wo Ihr den Fuß hinsetzet, begleite Euch Segen und Heil!«

Da nickte der Tod und nahm ihnen ihre Erlebnisse ab, wie man ein Huldigungsschreiben entgegennimmt, und bot seinen Hals für die Schlinge, womit er zur Hölle sollte befördert werden. Und sie hakten die Spulen ein, drehten den Hebel und lotseten ihn. Doch die Last war zu schwer. Dreiviertel der Höhe hatte er baumelnd und schaukelnd erreicht und belebte sich schon, um den First zu erklimmen. Da strafften die Seile sich härter, sangen und sausten. Da krähte der Draht, und aus schwindelnder Höhe stürzte er nieder und traf mit der ganzen Wucht seiner Last den kreuzbraven Pimperling, der solcher Anrempelung sich mitnichten versah. Dreimal gestorben und fünfmal erschlagen trugen sie ihn, in ein Nastuch gehüllt, abseits des Weges und trachteten heiß, das verschobene Gebälk seines Hinterkopfes wieder zurechtzurücken. Doch da war nicht zu helfen. Und auch der Tod ging entzwei bei Pimperlings Tod durch den Tod.

Da stieß Mulche-Mulche plötzlich zwölf gellende Schreie aus, hart nacheinander. Ihr Zirkelbein hob sich zum Rande des Himmels. Und sie gebar. Zuerst ein klein Jüdlein, das trug ein klein Krönlein auf purpurnem Haupte und schwang sich sogleich auf die Nabelschnur und begann dort zu turnen. Und Musikon lachte, als sei sie die Base.

Und vierzig Tage vergingen, dass Mulche kreidigen Angesichts stand an der Brüstung. Da hob sie zum zweiten Male das Zirkelbein, hoch in den Himmel. Und diesmal gebar sie viel Spülicht, Geröll, Schutt, Schlamm und Gerümpel. Das prasselte, klirrte und polterte über die Brüstung hinab und begrub alle Lüste und Leichen der Sohlengänger. Da freute sich Jopp, und die Gottheit senkte das Schmetterlingsnetz und schaute verwundert.

Und abermals vierzig Tage vergingen, da Mulche nachdenklich stand und mit großen verschlingenden Augen. Da hob sie zum dritten Male das Bein und gebar den Herrn Fötus, als welcher beschrieben steht Pagina 28, Ars magna. Konfutse hat ihn gerühmt. Eine Glanzkante läuft ihm über den Rücken. Sein Vater ist Plimplamplasko, der hohe Geist, liebtrunken über die Maßen und wundersüchtig.

Bulbos Gebet und der Dichter

In dem Maße, in dem sich das Grauen verstärkt, verstärkt sich das Lachen. Die Gegensätze treten grell hervor. Der Tod hat magische Gestalt angenommen. Sehr bewusst wird dagegen das Leben verteidigt, die Helle, die Freude. Die hohen Gewalten treten persönlich in die Schranken. Gott tanzt gegen den Tod.

Nun hätte man meinen können, der Tod selber sei gestorben, aber weit gefehlt. Kaum intonierten die großen Gespenster auf den Zementröhren die Totenklage, da kam, von solchem Rhythmus gehoben und in Bewegung gesetzt, der Tod lebhaft wieder herfür und begann auf eisernem Schenkel zu tanzen. Die Fäuste nach innen geballt, schlug er den Boden und stampfte mit dröhnenden Hufen.

Und die großen Gespenster lachten, und die Sargdeckel ihrer Backenknochen knackten. Denn das große Sterben war wieder da. Da sank Bulbo auf seine Knie, warf die Arme zum Himmel und schrie:

»Erlöse uns, o Herr, von der Verzauberung. Ziehe uns, o Herr, unsere versotteten Münder aus den Schmutzeimern, Rinnsalen und Abfallgruben, in die wir verrannt sind. Erbarme dich, o Herr, unseres Aufenthaltes in Sud und Latrine. Unsere Ohren sind mit Jodoformgaze umwickelt, in unseren Lungenflügeln weidet die Schar der Weinschröter und Engerlinge. Ins Reich der Spulwürmer und Abgötter sind wir verschlagen. Der Schrei nach der Auflösung nimmt überhand.

Mit feurigen Stöcken prügeln sie deine Erzengel. Sie locken deine Engel auf die Erde und machen sie dick und gebrauchsunfähig. Wo die Hölle ans Paradies grenzt, wälzen sie ihre Betrunkenen in dein gelobtes Land, und es erschallet der Wagnerjodel, wigalaweia, in Germano panta rei.

Ein Haus des Gespöttes ist deine Kirche geworden, ein Schandhaus. Lästerer nennen sie uns und krötige Gnostiker. Unter der Fleischesfülle jedoch erscheinen ihre Apachen und Tiergesichter. Wie soll man sie lieben? In den Schiebladen mehrt sich die Zahl der gefundenen Fötusse, und in den Bette(r)n lottert der Speckmatz.

Nicht mehr gewahren sie die Mumie in der Hängematte, das einbalsamierte Gliedergerümpel und die Cholerabazillen in der Baßgeigennaht. Nicht mehr die Grütze, die aus dem Rauchfang tropft, und den Familienvater verwesten Gemütes. Schon im Mutterleibe verkaufen sie einander das ewige Leben.

Sie verschieben das Weizenmehl, das für deine heilige Hostie bestimmt ist, und gurgeln sich den Hals mit dem Krätzer, der dein heiliges Blut darstellen sollte. Du aber vergibst uns unsere Schlechtigkeit, wie auch wir versprechen, dass wir die unsrige tun.

Ich könnte mich ja in einer anderen Zeit aufhalten. Was nützte es mir, o Herr? Siehe, ich bewurzele mich bewusst in diesem Volke. Als Hungerkünstler nähre ich mich von Askese. Aber die Relativitätstheorie genügt nicht, noch die Philosophie ›als ob‹. Unsere Pamphlete verfangen nicht mehr. Die Erscheinungen von expansivem Marasmus mehren sich. Alle sechzig Millionen Seelen meines Volkes quillen aus meinen Poren. Rattenschweiß ist es vor dir, o Herr. Doch erlöse uns, hilf uns, pneumatischer Vater!«

Da quoll aus Bulbos Mund ein schwarzer Ast, der Tod. Und man warf ihn in der Gespenster Mitte. Und der Tod exerzierte und tanzte auf ihm.

Der Herr aber sprach: »Mea res agitur. Er vertritt eine Ästhetik sinnlicher Assoziationen, die an Ideen anknüpfen. Eine Moralphilosophie in Grotesken. Seine Doktorey geht süß ein.« Und er entschloss sich, gleichfalls zu tanzen, weil das Gebet ihm gefallen hatte.

Da tanzte Gott mit dem Gerechten gegen den Tod. Drei Erzengel drehten seiner Frisur turmhohes Toupet. Und der Leviathan hing sein Hinterteil über die Himmelsmauer herunter und sah dabei zu. Über der Frisur des Herrn aber schwankte, aus den Gebeten der Israeliter geflochten, die turmhohe Krone.

Und ein Wirbelsturm erhob sich, und der Teufel kroch in das heimliche Gemach hinter dem Tanzplatz und schrie: »Graue Sonne, graue Sterne, grauer Apfel, grauer Mond.« Da fielen Sonne, Sterne, Apfel und Mond auf den Tanzplatz. Die Gespenster aber verspeisten sie.

Da sagte der Herr: »Aulum babaulum, Feuer!« Und Sonne, Sterne, Apfel und Mond stoben aus den Kaldaunen der Gespenster und nahmen ihren Platz wieder ein.

Da hänselte der Tod: »Ecce homo logicus!« und flog auf die oberste Stufe. Und tat seine Großduftei auf, um seine Autorität zu beweisen.

Da schlug ihm Gott die Kategorientafel auf den Kopf, dass sie zerschellte, und tanzte weiter mit männlichen Schnörkeln und hurtigen Schleifen. Die Kategorientafel aber zerstampfte der Tod, die Gespenster aber verspeiseten sie.

Da machte der Tod einen Aschenregen aus dem Schwarzsauer der Hobelspäne, die für die Särge bestimmt sind, und schrie: »Chaque confrère une blague, et la totalité des blagues: humanité.« Und knackte dazu mit den Sargdeckeln seiner Backenknochen. Die Späne aber fielen ringsum hernieder, die Gespenster aber verzehreten sie.

Da senkte Gott die Trompete nach unten und rief: »Satana, Satana, ribellione!« Und es erschien der rote Mann, die falsche Majestät und erschlug den Tod, dass kein Mensch ihn fürdermehr erkennen konnte. Und die Gespenster verspeiseten ihn.

Aber siehe, da wurden sie sehr mächtig und schrien: »Man reiche uns einen gebratenen Dichter!«

»Kuh, du bist unser!« sprach der Teufel.

»Freiheit, Verbrüderung, Himmel, du bist unser.«

»Unserigkeit und Knauserigkeit«, sprach der Teufel, »was soll nun dieses heißen?«

Da überließ ihnen der Herr den gebratenen Dichter. Die Gespenster aber hockten sich nieder im Kreis, entkeimten ihn, pellten die Kruste ab und den Federflaum und verspeiseten ihn. Da stellte sich heraus, dass Oblaten seine Hosenknöpfe waren, ungegoren der Kehlkopf, duftig das Gehirn, aber schief genabelt. Und der Gespenster jüngstes hielt ihm die Totenrede:

»Dieser war ein Psychofakt«, begann die Rede, »kein Mensch. Hermaphrodit vom Kopf bis zur Sohle. Spitz stachen die geistigen Schultern durch die Achselstücke seines Cutaway. Sein Kopf eine Wunderzwiebel der Geistigkeit. Blind beherrscht vom Drange, sich bruchlos zu bekennen, war sein Beginn, sein Ende und Anfang von solch jungfräulicher, völlig kompromissloser Seelensauberkeit, dass wir

Nachwachsenden den Zweifel an der Pflicht zu revolutionär sittlichkeitsbildender Mutterschaft unserem annoch kraftlosen Streben nach einem Kosmos von Flugwillen und Erdüberwinderschaft als ein zwar unerlässliches, aber süßes Problem binnentragisch einzuordnen nicht können.

Herrliches liegt hier verschüttet in einem Wust unvergorener, abstrakt verbliebener Rednerei. Subjetivistische Ekstatik vermochte nicht immer theatralischem Selbstzweck sich zu entheben. Stämmiger Schwärmer und fakirhafter Erlösungssucher, Hoherpriester und Seher, Queller und Sporn dithyrambischen Schwunges fügt seinem löblichen Vorbild herbe Beeinträchtigung der einzige Umstand, dass Max Reinhardt, dessen schöpferische Regie den Aufriss der einzelnen Visionen befruchtete, sein Können dem Könner erst lange nach dessen Hingang hat spenden dürfen. Requiescat in pace.«

Und sie verspeiseten ihn; den Leichenredner aber verspeiseten sie ebenfalls. Und die Teller verspeiseten sie. Und die Gabeln verspeiseten sie. Und den Tanzplatz ebenfalls. Oh, wie gut war es, dass der Herr sich der Szene vorher enthoben hatte. Sie hätten auch ihn verspeist.

Hymnus 1

Zu sagen ist nichts mehr. Vielleicht, dass etwas noch gesungen werden kann. »Du magisch Quadrat, jetzt ist es zu spat.« So spricht einer, der zu schweigen versteht. »Ambrosianischer Stier«: gemeint ist der ambrosianische Lobgesang. Eine Hinwendung zur Kirche zeigt sich an in Vokabeln und Vokalen. Der Hymnus beginnt mit militärischen Reminiszenzen und schließt mit einer Anrufung Salomos, jenes großen Magiers, der sich tröstete, indem er die ägyptische Königstochter an sein Herz zog. Die ägyptische Königstochter ist die Magie.

Du Herr der Vögel, Hunde und Katzen, der Geister und Leiber, Gespenster und Fratzen,
Du Oben und Unten, Rechtsum und Linksum, Geradeaus, Kehrteuch und Haltwerda,
Der Geist ist in dir und du bist in ihm, und ihr seid in euch und wir sind in uns.
Der Auferstandene bist du, der überwunden war.
Der Entfesselte, der seine Ketten zerriss.
Der Allmächtige bist du, Allnächtige, Prächtige, mit einem brennenden Topf auf dem Kopf. In alle Sprachen und Windrichtungen ist dir der Donner im Kasten zersprungen.
In Vernunft und Unvernunft, im toten und lebenden Reiche raget dein Blechhals und saust deine Speiche.
Mit großem Brüllen kamst du, Sturmhaube der Rebellion, Krähtrompete, Völkersohn.
In Feuerschlünden und Kugelsaat, in Sterbegewinsel und endlosem Fluchen,
In Blasphemien sonder Zahl, in Schwaden von Druckerschwärze, Oblaten und Kuchen.

So sahen wir dich, so hielten wir dich, in Gesichterregen, geschnitzt aus Achat.

Auf umgestürzten Thronen, zerspellten Kanonen, auf Zeitungsfetzen, Devisen und Akten,

Bunt aufgeputzte Puppe, hobst du das Richtschwert über die Vertrackten.

Du Gott der Verwünschungen und der Kloaken, Dämonenfürst, Gott der Besessenen.

Du Mannequin mit Veilchen, Strumpfbändern, Parfums und mit einem Hurenkopfe bemalt.

Deine sieben Jungen blecken die Zungen, deine Großtanten werden zuschanden, eine rote Kugel ist deine Gugel.

Du Fürst der Krankheiten und Medikamente, Vater der Bulbo und Tenderende,

Der Arsenike und Salvarsäne, der Revolver, eingeseiften Stricke und Gashähne,

Du Löser aller Bindungen, Kasuist aller Windungen,

Du Gott der Lampen und der Laternen, du nährst dich von Lichtkegeln, Dreieck und Sternen.

Du Folterrad, russische Schaukel der Qual, Homozentaurus, in Flügelhosen schwebend durch den Krankensaal,

Du Holz, Kupfer, Bronze, Turm, Zinke und Blei, als Eisengockel schwirrst du geölt vorbei.

Du magisch Quadrat, jetzt ist es zu spat, du mystisch Quartier ambrosianischer Stier,

Herr unserer Entblößung, deine fünf Finger sind das Fundament der Erlösung.

Herr unseres Jäger- und Küchenlateins, Lamentotrommel unseres Daseins, Äthernist, Kommunist, Antichrist, oh! Hochweisige Weisheit des Salomo!

Hymnus 2

Man beachte, wie sich in dieses Hymnusses zweiter Hälfte aus der Buffonade eine Litanei loslöst. Die liturgischen Formeln nehmen überhand. Die Stimmen und Parteien streiten zwar noch, und demgemäß ist der Gegenstand umstritten, von dem erlöst werden soll.

Der unsere Ehrenjungfrauen beiseite schob, unsere Blumensträuße und Parfümerien und unsere berauschenden Drogen,

Mit Bombardon, Pfeifen und Schellen, mit hellen Tschinellen und Redeschwällen grüßen wir dich.

Der unsere Mondkälber auf die Straßen warf, unsere Kochbücher und Astrologien,

Der aufschrie mit den Stimmen von zehntausend Wechselbälgern,

Der herankam und seinen Einzug hielt, lachender Kinderdrachen und Triumphator,

Mit Ersatzscheinen, Blech-, Email-, Papier- und Knopfgeld grüßen wir dich.

Der in den Backentaschen seines gehörnten Hauptes skrofulöse Kinder und Zebras verwahrt,

Für eine Mark haben sich hingegeben der tändelnde Dichter, der warme Prolet, der Zeitungsmann und der Priester.

Lege den Ring deiner Allmacht uns in die Nase und einen Zaun in den Kinnbacken, zähme du unsere Herrlichkeit.

Einen großen Tanz führen wir auf in Kleidern aus Lumpen und Papier, aus Fensterglas, Dachpappe und Zement.

Unsere alldeutschen Knotenstöcke schwingen wir, bemalt mit Runen und Hakenkreuzen.

Vom Nabel bis zu den Knien dauert dein Reich, und der lutheranische Kabeljau bellt.

Von den Nachstellungen der Ketzer und Utopisten, der Widersacher und Propheten erlöse uns, o Herr.

Von den Anmaßungen der Theoretikaster und Liturgiker, von den vereinigten Glockenspielern erlöse uns, o Herr.

Aus diesem Lande der Pflichtenkäfer, der nasskalten Kuchen und der mit Totenscheinen gepflasterten Orte führe uns weg, o Herr.

Höre auf zu klappern mit Holz, Kupfer, Bronze, Elfenbein, Stein und den andern gewaltigen Trommeln.

Höre auf, unsere Toten erscheinen zu lassen und unsere Wärme zu stören, darum bitten wir dich, o Herr.

Höre auf, die Gespenster uns auf den Tisch, die Gespenster uns in die Kaffeetassen zu setzen, und kein Inkubus rassle im Treppengebälk.

Der Verwesungsdirigent

In diesem Kapitel wird angenommen, dass ein Fleischwarenhändler der letzte sein wird, den man begräbt. Späterhin stellt sich jedoch heraus, dass noch einige andere das große Sterben überdauert haben. Die Leidtragenden sind Revenants und Dreimonatsleichen. Das Begräbnis gestaltet sich zu einem Festzug ähnlich demjenigen, der bei den eleusinischen Mysterien stattfand. Zur Rechten des Schauplatzes wird eine drückend empfundene Finsternis in Kisten verpackt. Zur Linken zeigt sich ein gleichfalls überlebender Dichtklub eifrig damit beschäftigt, die Verwesung zu registrieren und die phantastische Wirklichkeit zweckmäßig abzuschwächen.

Schon waren alle sich einig, da reichte der Verwesungsdirigent sein Rücktrittsgesuch ein. Es war just an dem Tage, an dem das letzte Begräbnis stattfand. Die Abgeschiedenen hatten sich vollzählig versammelt. Sie unterdrückten notdürftig ihren Geruch, schnallten sich die Unterkiefer fest und reichten Parfüm herum. Den Pferdekadaver, der die Begräbniskutsche zu ziehen hatte, hüllten sie ein in ein Messgewand, damit seine wurmreiche Blöße nicht aufdringlich möchte zu sehen sein.

Und der Zeremonienmeister des finsteren Vorganges erhob seine Stimme und las aus dem Festprogramm:

»Gott, dem Allmächtigen,
hat es gefallen,
unsere Urahne, Großmutter, Mutter und Kind,
Herrn Gottlieb Zwischenzahn,
von der Firma Zwischenzahn, Kiefer & Co.,
Wurst- und Fleischwaren en gros,

zu sich abzuberufen.«

»Hei schied er hen, dau schied er hen«, brummte der Chor.

»Des Verblichenen Hinschied ist mustergiltig. Allzeit war er ein treuer Diener der Kirche. Ihn begleitet die Kundgebung unseres unflätigen Beileids, die tief empfundene Schmerzovation seiner Verwandten und Freunde, die in richtiger Erkenntnis der windigen Situation sich vor ihm bei Zeit aus dem Staube machten. Und bleibt noch hinzuzufügen, dass unter der Leitung des Verstorbenen die Wurstfabrik, die jetzt brachliegt, ehedem wurde ins Leben gerufen.«

Da setzte der Trauerzug sich in Bewegung, und der Verwesungsdirigent stieg auf das Podium und dirigierte zum letzten Mal. Und sein Famulus machte den Donner, auf einem Kuchenblech. Und während der duftende Zug in den Straßen verschwand, vernahm man die Worte der Chorybanten:

»Der da spät im Hafen landelt,
Abgebrüht und ganz verschandelt,
Mit dem Barte, dem vielgreisen
Lederportefeuille, stets auf Reisen –
Der da Schaf und Schwein getötet,
Umeinand' geschwerenötet,
Hin und her und selbst geschoben,
Abgesetzt und aufgehoben –
Fürchtet jetzt des Gauches Seele,
Dass die Dividende fehle?
Wird sein Geist im Geist erröten?
Er ging flöten, er ging flöten.«

Und der Pfarrherr stocherte mit dem Kirchenkreuz die Überbleibsel im Sarg zurecht, während der Famulus donnerte und der Verwesungsdirigent dirigierte:

> »Bringen ihn allhier getragen
> Platt auf einem Leichenwagen,
> Dass der Korpus, der geschäft'ge
> Nahrung sauge und sich kräft'ge.
> Legen ihn auf Himmelsboden
> Eingewickelt ganz in Quoten.
> Knüpfen ihm die Weste leichter,
> Seinem Hosenbein entsteigt er.
> Salben ihm die Augen linde
> Mit reichsdeutscher Adlertinte.
> Über seinem müden Haupte
> Schweb, was er zusammenklaubte.«

Siehe, da konnte man wahrnehmen, dass sich zur Rechten versammelt hatten die Kirchendiener der unteren Himmel. Sie trugen Kutten aus tolerantem Kaschmir und hohe Kappen aus Asche und waren damit beschäftigt, alle verfügbare Sonnenfinsternis einzupacken in Kisten. Denn die Luft war überladen damit, und man bekam Kopfweh. Einige auch dieser Dienstleute der schwarzen Schicht hatten den Kopf nicht bedeckt. Ihre Blechaugen schielten. Ihr Kopfhaar aus Zündholz klapperte, wenn sich beim Bücken der Wind darin fing.

Zur Linken aber hatte der Dichtklub »Üppiger Schenkel« seine Vibrationsmaschine aufgestellt, mächtige Katapulte, mit denen die leiseste Schwingung des Seelenlebens und der Verwesung aufzufangen und zu berechnen war.

Aber sie hatten auch die Waschmaschine der Banalisierung dabei, in die man von oben die Wirklichkeit stopfte, um sie mit Zahnrad und Quirl zu entwerten. Und da die Finsternis aller Augen blendete, nahmen einige die Gelegenheit wahr, ein wüstes erotisches Treiben zu entfalten. Schlamm, Mörtel und Steine schleppten sie herbei und buken daraus eine gigantische Vulva, Geburtsteil der Göttin Ta-hu-re.

Da hob der Verwesungsdirigent die Arme um drei Stufen höher, wies auf das hitzige Treiben und sprach: »Man nenne mir Namen und Herkunft dieser Gesellen.«

Und der Famulus hob das Kuchenblech als eine schwarze Sonne und sprach: »Habet Nachsicht, Herr, es sind Idealisten. Ihr merkt's an dem glühenden Seelenleben. Sie sind aus dem Zwielicht geboren und haben vergessen zu sterben. Jetzt dichten sie um den nackten Punkt.«

Und der Verwesungsdirigent hob die Arme abermals um drei Stufen höher, schnäuzte sich, spuckte zur Rechten und Linken und sprach: »Sind Dekadente darunter? Transzendente Dekadente?«

»Nein«, sagte der Famulus, »es sind Nachtbuben darunter. Sie klettern auf das Denkmal des Dichtervaters Gleim und ruinieren die Aussicht.«

Und der Verwesungsdirektor sah genauer hin und sprach: »Sie scheinen es mit der Aktivität zu tun zu haben.«

»Ja, Herr«, sagte der Famulus, »sie sind sehr geschäftig mit ihrer Spille.« Er meinte aber damit die Waschmaschine der Banalisierung. In diesem Augenblick aber verließ auch schon einer der vielen Gesellen den Bannkreis, kam näher heran, hielt die Opferbüchse hin und schrie: »Menschlichkeit in Wort und Schrift! Kostenlose Menschlichkeit!« Und andere drängten hinzu, rangen die nassen Tücher aus, die sie sich um die Köpfe gebunden hatten, und rezitierten ihre soeben erfundenen Sprüche und Späße.

Der Eine: »Sternenstirne meiner Dulderkrone«, und »Lampenkönig aus Jerusalem«. Der Andere: »Ich möchte eine Bemerkung machen: schon wenn du die steile Treppe betrittst ... Tritte betreppst ... Trette betrippst ...« Der Dritte: »Tapp tapp, mein Asthma, fahre hin, du Kutsche« und: »Hinter unseren Stirnen glühen die großen Abszesse.«

»Sie übertreiben, Herr«, versetzte der Famulus. »Ist im Grunde ein harmloses Völkchen. Musst sie nicht deines Ärgers würdigen.«

Als aber einer ganz hinten, bei den Gerüsten, die Pfeife rauchte und sein Essay vorzulesen begann: »Von der Schönheit der ungelegten Eier«, da überkam den Verwesungsmeister die Ungeduld und er rief: »Grob, ungeschlacht und herausfordernd sind sie. Es passt ihnen nicht, dass sie schuften sollen. Sie wollen den Platz an der Sonne. Gib ihnen einen Groschen für ihre Kollekte und einen Groschen für jenen dort, der das Klagelied bläst auf der Speiseröhre. Scheuch sie heraus, Serpent, aus ihren Löchern. Es schmerzt mich, sie so sitzen zu sehen.«

Da protestierten sie. Und entmutigt sagte der Famulus: »Sie wollen hier sitzen bleiben und ihre Großgehirnrinde verzehren. Mehr wollen sie nicht. Auch haben sie keine Beinkleider mehr. Sie haben alles geopfert bis auf das Hemd.«

»Wirf ihnen Abdul Hamids braune Hose zu!« resignierte der Meister, »und laß uns weitergehen. Da ist nicht zu helfen. Wahrlich, es könnte bei einiger Überreizung ihres Gemütes der Fall eintreten, dass sie mit Drohungen kommen, die Plempe uns an den Magen zu setzen, weil wir nicht Anstalten machen, ihre Erlebnisse aufzukaufen. Bei Gott, ein verwegener Menschenschlag!«

jolifanto bambla

Schilderung einer Elefantenkarawane aus dem weltberüchtigten Zyklus »gadij beri bimba«. Der Verfasser zelebrierte diesen Zyklus als Novität zum ersten Mal 1916 im Cabaret Voltaire. Das Bischofskostüm aus Glanzpapier, das er damals trug, mit ragendem, blauweiß gestreifeltem Schamanenhut wird noch heute von den sanften Bewohnern Hawaiis als Fetisch verehrt.

jolifanto bambla ô falli bambla
grossiga m'pfa habla horem
égiga goramen
higo bloiko russula huju
hollaka hollala
anlogo bung
blago bung
blago bung
bosso fataka
ü üü ü
schampa wulla wussa ólobo
hej tatta gôrem
eschige zunbada
wulubu ssubudu ulu wassubada
tumba ba-umf
kusa gauma
ba-umf

Hymnus 3

Tenderenda seinerseits gibt die Huldigung seinem verschwiegenen Weihe-Oberhaupt weiter. Der Urvater der Hymnologen wird in diesem Hymnus unter anderem »Chaldäischer Erzengel«, »Koralle des Jenseits« und »Flüssiger Meister« genannt. Der Narrentanz dieses Büchleins wird ihm aufgeopfert: »Wir Fratzenschneider, im Feuermantel tanzend ums Wasserfass.« Die letzten Verse insonderheit verraten eine vollkommene Hingabe. Tenderendan hat das große Heimweh gepackt. Er sagt sich die Verse in tristen Stunden zu seiner Erbauung vor.

Chaldäischer Erzengel, Asternkönig, purpurner
Mann mit den Händen, die Schlaf bedeuten,
Du lässest die Tiere in uns erscheinen,
Du heftest uns an den klingenden Magierorden,
Du schließest uns an die Gestirne an,
Die uns zerschneiden und teilen.
Aller Heiligen, aller Toten Meister,
Violenglas, darin wir entblühten,
Kreuzweise und in die Länge sterben wir,
Den letzten Husten bekommen wir,
Hinsinken wir in den ewigen Raum, Laurentius –
Tränen, leuchtend und schwärmend.

Du Zonenchef, schwarzer Chef,
Fallsüchtig sind wir wie sehr, sterbsüchtig wie sehr!
Der heilige Arzt Kosmas kann uns nicht helfen.
Wir sterben dir ab und zu, wir sterben dir gänzlich.
In dir ist alles gemeinsam.
Den großen Bären tragen wir als Geschwür am Arm,

Eine Sonne aus Terra siena am Herzen.
Besitzend von dir besessen, lösen wir uns.

Wir Zackentrompete, flatternd im Kristallwind,
Wir tragischer Pfau, zerbrechend auf allen Stufen,
Wir Fratzenschneider, im Feuermantel tanzend ums Wasserfass.
Du Gürtel der Sterne, du Kugelwand, rollende Finsternis.
Du morgenländisches Volk, abendländisches Volk,
Kriegsmärsche in Moll murmelnd, Schaum um den Turm
Deiner Gnade.

Du Zymbalum mundi, Koralle des Jenseits,
flüssiger Meister,
Laut weinet die Skala der Menschen und Tiere.
Laut jammert das Volk der Städte aus Feuer und Rauch.
Da deine Wunderhörner auftauchten, da du dein
Tönernes Spielzeug ansahest, da du dein Reich
Inspiziertest und uns, die Beamten deines Katasters.
Denn die Schminke brach. Denn die Würfel zersetzten sich.
Denn nirgends war solche Sünde wie hier.

Du Angesicht aus Metaphern gestückt,
Faschingsgedichtpuppe
Unserer Angst. Du Duft weißen Papiers!
Blatt, Tinte, Schreibzeug und Zigarette,
Alles lassen wir liegen. Kleinlaut folgen wir dir.
Aus den Zahlen, die uns gebannt hielten, lösen sich unsere
Füße.
Aus den Massen, die in uns gebrannt waren, strömt Süße.

Rares eintauschen wir gegen Bares, Wahres gegen Unklares,
Eins gegen zwei, und die Nachthauptstadt gegen Benares.

Laurentius Tenderenda

Unverblümter Ausbruch oder Expektoration des Titelhelden. Der Autor nennt ihn einen Phantasten, er selbst nennt sich in seiner verstiegenen Weise ›Kirchenpoet‹. Auch als ›Ritter aus Glanzpapier‹ bezeichnet er sich, was auf den donquichotischen Aufzug hinweist, in dem Tenderenda bei Lebzeiten sich zu bewegen liebte. Er gesteht, seiner Fröhlichkeit müde zu sein und erfleht sich den Segen des Himmels. Besonderes Lob verdient die Benediktionsformel, deren heiteres Tongefälle dem himmeltänzlerischen Wesen Tenderendas gerecht wird. Da er Chimären in den Stall bringt, könnte man ihn für einen Exorzisten halten. Die Nachstellungen des Teufels, auf die der Segensspruch hinweist, sind jene Phantasmata, über die schon der heilige Ambrosius klagt, und deren Abschwörung ein anderer Heiliger als Bedingung nennt für den Eintritt in den Mönchsstand. Ansonsten ist Tenderendas Situation elegisch und massenscheu. Die Wortspiele, Wunder und Abenteuer haben ihn mürbe gemacht. Er sehnt sich nach Frieden, Stille und nach lateinischer Abwesenheit.

Mit einem Dröhnen hub es an: Laurentius Tenderenda, der Kirchenpoet, eine Halluzinade in drei Teilen. Laurentius Tenderenda, oder der Tollmätcher der Zwangsläufigkeit. Laurentius Tenderenda, die Wesensessenz der Astralkanonade. Das sollte ein Schabernack sein für delektierbare Zwerchfelle. Aber es ward ein Trauerspiel des gesunden Menschenverstandes und eine Gimpelei für die Modepinsel und Wortflagellanten.

Ein Gebetbuchfabrikant sprach den Prolog, und das Theater schwankte vom Kreisel der Menschenfülle. Mit Hutnadeln waren die Giebel befestigt, und von den Balkonen hingen die hungrigen Bandwürmer, elomen. Der Dispositionsleib des Goliath wurde geöffnet, zehn Stockwerke fielen heraus. Die Klapperschlangen wurden ins Türmlein gebracht und das Bockshorn blies zum Fünfuhrtee.

Oh dieses Jahrhundert aus Glühlicht und Stacheldraht, Urkraft und Abgrund! Was sollten hier Dokumente der Qual? Vor einem Kriegervolk, vor versammeltem Chorus der Versredakteure? Laurentius Tenderenda, oder der Missionar unter den Schweißfüßen und Rothäuten der Akademie für Leibesübungen. Ein Bekenntnisbuch und ein Hustenturm. Ich will die Materie wohlgefüttert vortragen. Das Stubenfechten liegt mir nicht. Wäre nur nicht dieses beständige schwefelchlore Todesröcheln. Keinen Schritt mehr, oder ich röchle.

Jetzt sind sie gegangen, ihr dreisitziges Grautier in Galopp zu versetzen. Granate, Zitron und venedisch Blau Rauch ihrer Zackenhüte. Jetzt brütet die Henne im Hochamt, und sie jagen nach ihr mit dem Klingelbeutel. In Zinksalbe kochen sie ihre Taschenuhren und den Nostradamus überpinseln sie mit Heliotrop.

Das ist mir die richtige Satansparfümerie. Ein bisschen riechts auch nach Knüllpfeffer und Zipfeldraht. Im zweiten Teil aber werden die Leidtragenden sich Koransprüche als Leibbinden umschnallen. Die Kunst als Schnalle. Kapuzinade in drei Fortsetzungen. Oder der enzyklopädische Gebetszylinder. Oder das abgründig fahndende Schauen in die infernale Welt des Schnauzbartklamauks.

Ich wäre mir ja ein Feiner, wenn ich das nicht begriffe. Ein Feiner wäre ich mir, wenn ich dem Biest nicht wollte mit Stiefelknechten zu Leibe gehen. Das Frauenideal des deutschen Volkes wohnt nicht im öffentlichen Hause der Lust. Der Kakadu ist in das Gift gefallen. Der Blaue Reiter ist nicht der Rote Radler. Und ich dachte, ich hätte die Chose auf Flaschen gezogen.

Sie haben den Tintenfisch mir auf das Bett gesetzt. Und ihre Zahnwurzeln reichten sie mir zur Speise. Den Baldrian hab ich gekostet und die Kirchturmspitze mit Glaspapier abgerieben. Und ich weiß nicht, ob ich zu denen oben oder zu denen unten gehöre. Denn das Unglaubliche, niemals Erlaubliche wird hier Ereignis.

Ohne Präambel: von Haus aus bin ich ein Kind der Leidenschaft. Mein Mons puberis kann sich sehen lassen. Vierzig Tage habe ich im Natron gelegen. Den Gottlosen werden die Zähne lang aus dem Kiefer wachsen.

Ich könnte das Pönital rezitieren und das heilige Kreuzzeichen machen. Wem wäre gedient damit? Ich könnte meine Locken mit Öl der Sonnenblume salben und die davidische Harfe ergreifen? Cui bono? Die Herren Hausseure und Färbemeister des neuen Jerusalems porträtierend –: was nützte es mir?

Dies ist der Parabasen elfte und letzte. Der Ritter aus Glanzpapier ist seiner Fröhlichkeit müde. Die Orgel hat seinen Abgang gelockert. Die Chimären sind in den Stall gebracht, und der Kirchenvater Origines sonnt seine Glatze im Abendrot. Ewigen Samen verleihe uns, o Herr, einen guten Cordial Medoc, und das Orchester der dreimal geschnäbelten Wasserpfeifen verstumme einen Augenblick.

Benedicat te Tenderendam, dominus, et custodiat te ab omnibus insidiis diaboli. O Huelsenbeck, o Huelsenbeck, quelle fleur tenez-vous dans le bec? Die Wurzeln begatten einander in den Heiligtümern. Detektive sind unser Hutschmuck, und das »gadji beri bimba« verrichten wir als Nachtgebet.

Tenderenda den Kreuzschläger werden sie mich nennen. Auf der Sedia gestatoria werden sie meine Gebeine zeigen. Mit Weihwasser werden sie nach mir spritzen. Vollmönch der Präservation und Filtriertuch der Unsauberkeiten werden sie mich nennen. Eselskönig und Schismatikaster. In nomine patris et filii et spiritus sancti.

Ein Glück nur, dass mir die Pfingstlaune durch gar zu krasse Außenseiter nicht gestört wird. Ein Glück, dass ich gut in Form bleiben kann. Hätte ich ein Notizbuch zur Hand, oder böte sich sonst eine Okkasion, so würde ich aufschreiben, was mir mehr einfällt. Die ganze Zeit fällt ja mir ein. Es ist ein großer Einfall und Hinfall, den ich mit hinfälliger Einfalt festhalten möchte.

baubo sbugi ninga

Eine Zauberformel aus dem erwähnten Zyklus »gadij beri bimba«. Sie gilt den zwei mystischen Tieren Tenderendas, dem Pfau und der Katze. Zwei hochmütigen und verschwiegenen Tieren, dem Jeremias und der Klagefrau unter den Tieren. Es empfiehlt sich, den Spruch nur leichthin zu sagen und nicht allzu lange dabei zu verweilen. Er ist auch nur als eine Art Agraffe gedacht, die die zwei letzten Prosatexte verbindet.

baubo sbugi ninga gloffa
siwi faffa
sbugi faffa
ôkofa
fafâmo
faufo halja finj

sirgi ninga banja sbugi
halja hanja golja biddin

mâ mâ
piaûpa
mjâma

pâwapa
baungo
sbugi
ninga
gloffâlor

Herr und Frau Goldkopf

Ein astrales Märchen. Eine Art himmlischen Puppenspiels. Drei Teile lassen sich deutlich unterscheiden. Der erste: ein mystisches Erlebnis der Eheleute Goldkopf. Eine weiße Lawine kommt bei ihnen zu Besuch, eine sich steigernde Reinheit und Helle wächst ihnen zu. Ihr Haus liegt über dem Abgrund und an der Fabelwiese, auf der der Buchstabenbaum einhergeht. Das ist jener Baum, von dem die poetischen Adams und Evas essen. Zärtliche Allegorien in Tiergestalt treten auf. Traumhaft die Notenständer des Lachens, die Tenderenda bei Lebzeiten verteilte. Der zweite Teil ist die Ballade von Koko dem grünen Gott. Das ist der Phantastengott. Von ihm kommt alle Glückseligkeit, solange er in Freiheit die Flügel schwingt. Setzt man ihn aber gefangen, so rächt er sich durch Verzauberung derer, die ihm am nächsten sind. Der dritte Teil ist ein Epilog des Ehepaares Goldkopf. Es schüttelt den Staub seiner Zeit von den Füßen und prophezeit ein Ende der Gottlosen und der Verzauberung. Den Kehraus macht, wie es recht und billig ist, ein Vers des Herrn Dichterfürsten Johann von Goethe.

Herr und Frau Goldkopf begegnen sich auf der blauen Wand. Herrn Goldkopf hängt eine Sternschnuppe aus der Nase. Frau Goldkopf hat einen grünen Federwisch am Hut. Herr Goldkopf macht einen Kratzfuß. Frau Goldkopf hat eine Hand wie eine fünfzinkige Gabel.

Eine Lawine kommt die Treppe herauf. Hart hinter der Nacht. Eine weiße Lawine die wacklige Treppe. Frau Goldkopf verbeugt sich. Herr Goldkopf tippt sich an die Stirn. Eine weiße Fontäne entspringt seinem Kopfe. In keinem Jahrhundert ward solches gesehen. In keinem Jahrhundert.

Die Feuer- und Schneehähne stieben entsetzt aus der Tiefe. Die heiseren Kühe putzen einander die Nasen. Auf der Smaragdwiese wandelt der Buchstabenbaum. Auf der Smaragdwiese: sodaseifener Wurm gigampfet aufgezäumt. Sein Reiter stürzt ab und verteilet die Notenständer des Lachens. Er steigt in die Morgen- und Abendschaukel, wiegt sich und schwingt sich und hüpfet ins Jenseits. Da kommen der Flötenbock, Puderbock, Tulpenbock, recken die Hälse. Da stehet im Hintergrund ein Vogelhaus. Drin sitzt der Kaduderhahn und schäumt Sterne.

Spricht Herr Goldkopf verwundert:

»Die Tulpe ist eine Gartenblume, schön, aber geruchlos. Auf einer Höllenmaschine kann man nicht Kaffee kochen.«

Spricht Frau Goldkopf:

»In gremio matris sedet sapientia patris. So ist's mit der Tulpe. In der Erde hat sie eine Zwiebel. Darum ist sie eine Zwiebelpflanze.«

Spricht Herr Goldkopf:

»Epileptiker fallen allhier von den Bäumen. Das blaue Pfeifen mächtiger Syphone lockt. Das Bild sakrosankter Dreieinigkeit glüht über dem Buchstabenbaum. Erstaunet Sie nicht, Frau Goldkopf, die hohe Kindlichkeit aller Begebenheiten?«

Spricht Frau Goldkopf:

»Oh Sie mit Ihren fanatischen weltstürmenden Gedanken! Tanzende Tiere sind wir in ragendem Kopfputz. Wir ringen um Nüchternheit. Wahrlich vergebens. Wer von wem weiß was?«

Und Herr Goldkopf:

»Doch erinnern Sie sich: Sambuco? Fünf Häuser auf einer grünen Wand. Der Boden, auf dem Sie da stehen: dreiecki-

ge Glasscherben im Weltenraum. Koko, der grüne Gott, hat uns verzaubert.«
Und Frau Goldkopf:
»Koko – das ist: unser Sohn? Warum wollen Sie Weltschmerz spielen? Ihre Distanz und Melancholie, ihre Altklugheit und Erfahrung: bedenken Sie nur! Mund, Stirne und Augenhöhlen verschüttet von Safran. Was führen Sie Klage?«

Strophe

Koko, der grüne Gott, einst schwirrte in Freiheit
Über dem Marktplatz im Reiche Sambuco.
Da fing man ihn ein und setzte ihm Gitter aus grobem Draht,
Und fütterte ihn mit Pomade und mit den Unterröcken der alten Weiber.
Er gab nicht Antwort auf höhnische Fragen nach seinem Befinden.
Er weissagte nicht mehr die Schicksale der nächsten und übernächsten Welt.
Traurig und einsam saß er auf seinem Holzpflock.
Die Segnungen seiner Gegenwart gediehen nicht mehr.
Das verschrumpfte Gesicht einer alten Frau Eule bekam er
Und führte ein absolut logisches Dasein voll Lähmung.
Gerüttelt des Nachts von der Sterne einwirkendem Irrsinn
Rächte er sich durch Verzauberung derer, die ihm die nächsten waren.

Antistrophe

Das himmelschreiende Licht leuchte ihm!

Sonne des Todes blähe die Giebel der schmutzigen Bumbuleute, die ihn gefangen nahmen.

Man spiele seine Ballade auf allen Mundharmonikas der Neuzeit.

Man bereite gepolsterte Straßen für ihn, wenn er zurückkehrt.

Die zwölf Zeichen des Tierkreises mögen leben von seinem Ruhm.

Der Oberbonze darf eine Nacht bei seiner Schwägerin schlafen zum Lohn.

Menschen und Tiere werfen die Kleider des Leibes und Leides ab,

Wenn er wiederkehrt aus der Haft der o-beinigen Räuber.

Seine Mutter ist für ihn auf den Talon gegangen im Diesseits und Jenseits

Sein Vater wiegte für ihn auf der Hand die Geister des Bösen.

Er hat uns verworfen und lebende Bilder gestellt aus unserer Qual.

Er wird die Verzauberung lösen, die uns besessen hält.

Frau Goldkopf:

»So geschehe es.«

Herr Goldkopf:

»Wenn Metatron stampfend die Firmamente durchschreitet.«

Frau Goldkopf:

»Die Erde wird er an den vier Enden fassen und die Gottlosen daraus schütteln.«

Herr Goldkopf:

»Beruhigen Sie sich, Madame, wenn ich bitten darf. Lassen Sie uns auf den farbigen Esel steigen und über den Abgrund gemächlich hinunterreiten.«

Frau Goldkopf:

»Einen Moment nur, wenn es gefällig ist. Damit ich die Sonne, dies Eitergeschwür, mit der Feuerzange anpacke und ihm den gesteigerten Weg zuweise.«

Chorus Seraphicus

Das Voll und Ganze wird hier Ereignis.
Im Totentanze strebt es zum Gleichnis.
Das Unerhörte – hier tritt es ein.
In grellem Lichte: Verworfensein.

Sieben Ball (abundzu) gaben
des Herausgebers

Der Henker

Ich kugle Dich auf Deiner roten Decke.
Ich bin am Werk: blank wie ein Metzgermeister.
Tische und Bänke stehen wie blitzende Messer
der Syphiliszwerg stochert in Töpfen voll Gallert und Kleister.

Dein Leib ist gekrümmt und blendend und glänzt wie der gelbe Mond
deine Augen sind kleine lüsterne Monde
dein Mund ist geborsten in Wollust und in der Jüdinnen Not
deine Hand eine Schnecke, die in den blutroten Gärten voll Weintrauben
und Rosen wohnte.

Hilf, heilige Maria! Dir sprang die Frucht aus dem Leibe
sei gebenedeit! Mir rinnt geiler Brand an den Beinen herunter.
Mein Haar ein Sturm, mein Gehirn ein Zunder
meine Finger zehn gierige Zimmermannsnägel
die schlage ich in der Christenheit Götzenplunder.

Als dein Wehgeschrei dir die Zähne aus den Kiefern sprengte
-da brach auch ein Goldprasseln durch die Himmelssparren nieder.
Eine gigantische Hostie gerann und blieb zwischen Rosabergen stehen
ein Hallelujah gurgelte durch Apostel- und Hirtenglieder.

Da tanzten nackichte Männer und Huren in verrückter Ekstase
Heiden, Türken, Kaffern und Mohammedaner zumal
Da stoben die Engel den Erdkreis hinunter
Und brachten auf feurigem Teller die Finsternis und die Qual.
Da war keine Mutterknospe, kein Auge mehr blutunterlaufen und ohne
Hoffen
Jede Seele stand für die Kindheit und für das Wunder offen.

(Erstdruck in: Revolution (München), 1. Jg., Nr. 1, Oktober 1913)

Dadaistisches Manifest

Dada ist eine neue Kunstrichtung. Das kann man daran erkennen, dass bisher niemand etwas davon wusste und morgen ganz Zürich davon reden wird. Dada stammt aus dem Lexikon. Es ist furchtbar einfach. Im Französischen bedeutet's Steckenpferd. Im Deutschen heißt's Addio, steigts mir den Rücken runter. Auf Wiedersehen ein andermal! Im Rumänischen: »Ja wahrhaftig, Sie haben recht, so ist's. Jawohl, wirklich, machen wir.« Und so weiter.

Ein internationales Wort. Nur ein Wort und das Wort als Bewegung. Sehr leicht zu verstehen. Es ist ganz furchtbar einfach. Wenn man eine Kunstrichtung daraus macht, muss das bedeuten, man will Komplikationen wegnehmen. Dada Psychologie, Dada Deutschland samt Indigestionen und Nebelkrämpfen, Dada Literatur, Dada Bourgeoisie, und ihr, verehrteste Dichter, die ihr immer mit Worten, aber nie das Wort selber gedichtet habt, die ihr um den nackten Punkt herumdichtet. Dada Weltkrieg und kein Ende, Dada Revolution und kein Anfang, Dada ihr Freunde und Auchdichter, allerwerteste, Manufakturisten und Evangelisten Dada Tzara, Dada Huelsenbeck, Dada m'dada, Dada m'dada Dada mhm, dada dera dada Dada Hue, Dada Tza.

Wie erlangt man die ewige Seligkeit? Indem man Dada sagt. Wie wird man berühmt? Indem man Dada sagt. Mit edlem Gestus und mit feinem Anstand. Bis zum Irrsinn. Bis zur Bewusstlosigkeit. Wie kann man alles Journalige, Aalige, alles Nette und Adrette, Bornierte, Vermoralisierte, Europäisierte, Enervierte, abtun? Indem man Dada sagt. Dada ist die Weltseele, Dada ist der Clou. Dada ist die beste Lilienmilchseife der Welt. Dada Herr Rubiner, Dada Herr Korrodi. Dada Herr Anastasius Lilienstein.

Das heißt auf Deutsch: Die Gastfreundschaft der Schweiz ist über alles zu schätzen. Und im Ästhetischen kommt es auf die Qualität an.

Ich lese Verse, die nichts weniger vorhaben als: auf die konventionelle Sprache zu verzichten, ad acta zu legen. Dada Johann Fuchsgang Goethe. Dada Stendhal. Dada Dalai Lama, Buddha, Bibel und Nietzsche. Dada m'dada. Dada mhm dada da. Auf die Verbindung kommt es an, und dass sie vorher ein bisschen unterbrochen wird. Ich will keine Worte, die andere erfunden haben. Alle Worte haben andre erfunden. Ich will meinen eigenen Unfug, meinen eigenen Rhythmus und Vokale und Konsonanten dazu, die ihm entsprechen, die von mir selbst sind. Wenn diese Schwingung sieben Ellen lang ist, will ich füglich Worte dazu, die sieben Ellen lang sind. Die Worte des Herrn Schulze haben nur zweieinhalb Zentimeter.

Da kann man nun so recht sehen, wie die artikulierte Sprache entsteht. Ich lasse die Vokale kobolzen. Ich lasse die Laute ganz einfach fallen, etwa wie eine Katze miaut... Worte tauchen auf, Schultern von Worten, Beine, Arme, Hände von Worten. Au, oi, uh. Man soll nicht zu viel Worte aufkommen lassen. Ein Vers ist die Gelegenheit, allen Schmutz abzutun. Ich wollte die Sprache hier selber fallen lassen. Diese vermaledeite Sprache, an der Schmutz klebt, wie von Maklerhänden, die die Münzen abgegriffen haben. Das Wort will ich haben, wo es aufhört und wo es anfängt. Dada ist das Herz der Worte.

Jede Sache hat ihr Wort, aber das Wort ist eine Sache für sich geworden. Warum soll ich es nicht finden? Warum kann der Baum nicht »Pluplusch« heißen? und »Pluplubasch«, wenn es geregnet hat? Das Wort, das Wort, das Wort außerhalb eurer Sphäre, eurer Stickluft, dieser lächerlichen Impotenz, eurer stupenden Selbstzufriedenheit, außerhalb dieser Nachrednerschaft, eurer offensichtlichen Beschränktheit. Das Wort, meine Herren, das Wort ist eine öffentliche Angelegenheit ersten Ranges.

(Das dadaistische Manifest wurde beim ersten öffentlichen Dada-Abend am 14.7.1916 im Zunfthaus an der Waag in Zürich vorgetragen. Erstdruck mit abweichenden Lesarten in: Paul Pörtner: Literatur-Revolution. Neuwied, Luchterhand, 1960/61)

Wolken

elomen elomen lefitalominal
wolminuscaio
baumbala bunga
acycam glastula feirofim flinsi
elominuscula pluplubasch
rallalalaio

endremin saxassa flumen flobollala
feilobasch falljada follidi
flumbasch

cerobadadrada
gragluda gligloda glodasch
gluglamen gloglada gleroda glandridi
elomen elomen lefitalominai

wolminuscaio
baumbala bunga
acycam glastala feirofim blisti
elominuscula pluplusch
rallabataio

(Erstdruck in: De Stijl, Leiden, Nr. 85/86, 1928)

Totenklage

ombula
take
bitdli
solunkola
tabla tokta tokta takabla
taka tak
Babula m'balam
tak tru – ü
wo – um
biba bimbel
o kla o auwa
kla o auwa
la – auma
o kla o ü
la o auma
klinga – o – e – auwa
ome o-auwa
klinga inga M ao – Auwa
omba dij omuff pomo – auwa
tru-ü
tro-u-ü o-a-o-ü
mo-auwa
gomun guma zangaga gago blagaga
szagaglugi m ba-o-auma

(Erstdruck in: De Stijl, Leiden, Nr. 85/86, 1928)

Gadji beri bimba

gadji beri bimba glandridi laula lonni cadori
gadjama gramma berida bimbala glandri galassassa laulitalomini
gadji berl bin blassa glassala laula lonni cadorsu sassala bim
gadjama tuffm i zimzalla binban gligla wowolimai bin beri ban
o katalominai rhinozerossola hopsamen laulitalomini hoooo
gadjama rhinozerossola hopsamen
bluku terullala blaulala loooo

zimzim urullala zimzim urullala zimzim zanzibar zimzalla zam
elifantolim brussala bulomen brussala bulomen tromtata
velo da bang bang affalo purzamai affalo purzamal lengado tor
gadjama bimbalo glandridi glassala zingtata pimpalo ögrögöööö
viola laxato viola zimbrabim viola uli paluji malooo

tuffm im zimbrabim negramai bumbalo negramai bumbalo tuffm i zim
gadjama bimbala oo beri gadjama gaga di gadjama affalo pinx
gaga di bumbalo bumbalo gadjamen
gaga di bling blong
gaga blung

(Erstdruck in: De Stijl, Leiden, Nr. 85/86, 1928)

Der Literat

Ich bin der große Gaukler Vauvert.
In hundert Flammen lauf ich einher.
Ich knie vor den Altären aus Sand,
Violette Sterne trägt mein Gewand.
Aus meinem Mund geht die Zeit hervor,
Die Menschen umfass ich mit Auge und Ohr.

Ich bin aus dem Abgrund der falsche Prophet,
Der hinter den Rädern der Sonne steht.
Aus dem Meere, beschworen von dunkler Trompete,
Flieg ich im Dunste der Lügengebete.
Das Tympanum schlag ich mit großem Schall.
Ich hüte die Leichen im Wasserfall.

Ich bin der Geheimnisse lächelnder Ketzer,
Ein Buchstabenkönig und Alleszerschwätzer.
Hysteria clemens hab ich besungen
In jeder Gestalt ihrer Ausschweifungen.
Ein Spötter, ein Dichter, ein Literat
Streu ich der Worte verfängliche Saat.

(Auch als „Intermezzo" oder „Gaukler Vauvert" betitelt; Erstdruck wohl in: Die Lyrik des
Expressionismus, hrsg. von Clemens Heselhaus, Tübingen, Niemeyer, 1956)

Epitaph

Der gute Mann, den wir zu Grabe tragen,
Sieht wächsern aus und scheint erstarrt zu sein.
Doch war er so verliebt in allen Schein,
Dass man sich hüten muss, ihn tot zu sagen.

Er liebte es in allen Lebenslagen
Dem Unerhörten nur Gehör zu leihn.
Umgeben so von hundert Fabulein
Kann man nur zögernd ihm zu glauben wagen.

Drum, wenn auch jetzt sein schmaler Maskenmund
Geschlossen liegt und nicht mehr sprechen mag:
Er lauscht vielleicht nur in den Schöpfergrund ...

Und steht dann wieder auf wie jeden Tag.
Lasst ihn getrost bei seinem Leichenspiele.
Er lächelt schon und wir sind kaum am Ziele.

(Erstdruck in: Neue Rundschau, Berlin/Leipzig, 39. Jg., 1928)

Carl Einstein

Bebuquin

Oder

DIE DILETTANTEN des WUNDERS

ERSTES KAPITEL

Die Scherben eines gläsernen, gelben Lampions klirrten auf die Stimme eines Frauenzimmers: „Wollen Sie den Geist Ihrer Mutter sehen?" Das haltlose Licht tropfte auf die zartmarkierte Glatze eines jungen Mannes, der ängstlich abbog, dem Überlegen über die Zusammensetzungen seiner Person vorzubeugen. Er wandte sich ab von der Bude der verzerrenden Spiegel, die mehr zu Betrachtungen anregen als die Worte von fünfzehn Professoren. Er wandte sich ab vom Zirkus zur aufgehobenen Schwerkraft, wiewohl er lächelnd einsah, so die Lösung seines Lebens zu versäumen. Das Theater zur stummen Ekstase mied er mit stolz geneigtem Haupt: Ekstase ist unanständig, Ekstase blamiert unser Können, und ging schauernd in das Museum zur billigen Erstarrnis, an dessen Kasse eine breite verschwimmende Dame nackt saß. Sie trug einen ausladenden gelben Federhut, smaragdfarbene Strümpfe, deren Bänder bis zu den Achselhöhlen liefen und den Körper mit sparsamen Arabesken schmückten. Von ihren Seehundhänden starrten rote Rubine senkrecht: „Abend, den Bebuquin."

Bebuquin betrat einen mühsam erleuchteten Raum, wo eine Puppe, dick, rot geschminkt, gemalte Brauen, stand, die seit ihrer Existenz einen Kuss warf. Erfreut über das Unkünstlerische setzte er sich wenige Schritte von der Puppe entfernt. Der junge Mann wusste nicht, was ihn in das Banale zog. Hier fand er eine stille, freundliche Schmerzlosigkeit, die ihm jedoch gleichgültig war. Was ihn immer anzog, war der merkwürdige Umstand, dass ihn dies ruhig konventionelle Lächeln bewusstlos machen konnte. Ihn empörte die Ruhe alles Leblosen, da er noch nicht in dem nötigen Maße abgestorben war, um für einen angenehmen Menschen gelten zu können. Er schrie die Puppe an, beschimpfte sie und warf sie von ihrem Stuhl vor die Tür, wo die dicke Dame sie besorgt aufhob. Er wand sich in der leeren Stube: „Ich will nicht eine Kopie, keine Beeinflussung. Ich will mich, aus meiner Seele muss etwas ganz Eigenes kommen, und wenn es Löcher in private Luft sind. Ich kann nichts mit den Dingen anfangen, ein Ding verpflichtet zu allen Dingen. Es steht im Strom, und furchtbar ist die Unendlichkeit eines Punktes."

Die dicke Dame, Fräulein Euphemia, kam und bat, fortzusetzen, als ein dicker Herr ihn anfuhr: „Jüngling, beschäftigen Sie sich mit angewandten Wissenschaften!" Peinlich ging ihm das Talglicht eines Verstehens auf, dass er, in Erwartung eines Schauspiels, einem anderen zum Theater gedient hatte. Er schrie auf: „Ich bin ein Spiegel, eine unbewegte, von Gaslaternen glitzernde Pfütze, die spiegelt. Aber hat ein Spiegel sich je gespiegelt?"

Mitleidig blickte ihn der Korpulente an. Er hatte einen kleinen Kopf, eine

silberne Hirnschale mit wundervoll ziselierten Ornamenten, worin feine glitzernde Edelsteinplatten eingelassen waren. Giorgio wollte entweichen; Nebukadnezar Böhm schrie ihn wütend an: „Was springen Sie in meiner Atmosphäre herum, Unmensch?" „Verzeihung, mein Herr, Ihre Atmosphäre ist ein Produkt von Faktoren, die in keiner Beziehung zu Ihnen stehen." „Wenn auch", erwiderte liebenswürdig Nebukadnezar, „es ist eine Macht-frage, eine Sache der Benennung, der Selbsthypnose." Bebuquin richtete sich auf. „Sie sind wohl aus Sachsen und haben Nietzsche gelesen, der darü-ber, dass man ihm das Polizeiressort nicht anvertraute, wahnsinnig wurde und in die Notlage kam, psychologisch angebohrte Bücher zu schreiben?"
Fraulein Euphemia bat die Herren, mit ihrem Geist rationeller umzugehen; sie wolle gern ein Ballokal besuchen. Die beiden nickten und stampften die Holztreppe hinunter. Euphemia holte den Abendmantel, und Nebukadnezar ergriff ein Sprachrohr und bellte in die sich breit aufrollende Milchstraße: „Ich suche das Wunder." Der Schoßhund Euphemias fiel aus dem Sprach-rohr; Euphemia kehrte angenehm lächelnd zurück.
„Beste", meinte Nebukadnezar, „Erotik ist die Ekstase des Dilettanten. Frauen sind aufreibend, da sie stets dasselbe geben, wir hinwieder nie glauben, dass zwei verschiedene Körper das gleiche Zentrum besitzen."
„Adieu, ich will Sie nicht hindern, Ihre Betrachtungen durch die Tat zu beweisen."
Euphemia bat, dass der Dicke zu trinken und zu essen hole, und kehrte um, ihren Hund zu pflegen, von dessen Unfall sie hörte. Der Dicke griff einen Baum und schmerzlich den Hals. Dann ging auch er, den Hund pflegen. –
Nebukadnezar neigte den Kopf über Euphemias massigen Busen. Ein Spie-gel hing über ihm. Er sah, wie die Brüste sich in den feingeschliffenen Edel-steinplatten seines Kopfes zu mannigfachen fremden Formen teilten und blitzten, in Formen, wie sie ihm keine Wirklichkeit bisher zu geben ver-mochte. Das ziselierte Silber brach und verfeinerte das Glitzern der Gestal-ten. Nebukadnezar starrte in den Spiegel, sich gierig freuend, wie er die Wirklichkeit gliedern konnte, wie seine Seele das Silber und die Steine waren, sein Auge der Spiegel. „Bebuquin", schrie er und brach zusammen; denn er vermochte immer noch nicht, die Seele der Dinge zu ertragen. Zwei Arme zerrten ihn hoch, pressten ihn an zwei feste breite Brüste, und lange Haarsträhnen fielen über seinen Silberschädel, und jedes Haar waren tau-send Formen. Er erinnerte sich der Frau und merkte etwas beklemmt, dass er nicht mehr zu ihr dringen könne durch das Blitzen der Edelsteine, und sein Leib barst fast im Kampfe zweier Wirklichkeiten. Dabei überkam ihn eine wilde Freude, dass ihm sein Gehirn aus Silber fast Unsterblichkeit ver-

lieh, da es jede Erscheinung potenzierte, und er sein Denken ausschalten konnte, dank dem präzisen Schliff der Steine und der vollkommen logischen Ziselierung. Mit den Formen der Ziselierung konnte er sich eine neue Logik schaffen, deren sichtbare Symbole die Ritzen der Kapsel waren. Es vervielfachte seine Kraft, er glaubte in einer anderen, immer neuen Welt zu sein mit neuen Lüsten. Er begriff seine Gestalt im Tasten nicht mehr, die er fast vergessen, die sich in Schmerzen wand, da die gesehene Welt nicht mit ihr übereinstimmte.

„Missbrauchen Sie mich, bitte, nicht", klang die dünne Stimme Bebuquins im Spiegel, „regen Sie sich nicht so an Gegenständen auf; es ist ja nur Kombination, nichts Neues. Wüten Sie nicht mit deplacierten Mitteln; wo sind Sie denn? Wir können uns nicht neben unsere Haut setzen. Die ganze Sache vollzieht sich streng kausal. Ja, wenn uns die Logik losließe; an welcher Stelle mag die einsetzen; das wissen wir beide nicht. Da steckt das, Bester. Beinahe wurden Sie originell, da Sie beinahe wahnsinnig wurden. Singen wir das Lied von der gemeinsamen Einsamkeit. Ihre Sucht nach Originalität entspringt Ihrer beschämenden Leere; meine auch. Ich entziehe mich Ihnen ohne weiteres. Dann spiegeln Sie sich in sich selbst. Sie sehen, das ist ein Punkt. Aber die Dinge bringen uns auch nicht weiter." Spitzengardinen werden zusammengezogen.

ZWEITES KAPITEL

Bebuquin wälzte sich in den Kissen und litt. Er machte sich daran, zunächst zu erfahren, was Leiden sei, wo für ihn das Leiden noch einen Grund und Zweck berge. Er fand aber keinen; denn sooft er den Schmerz zergliederte, traf er Ursachen, oder genauer, Umwandlungen an, die alles andere als Leiden waren. Er erkannte das Leiden als Stimulans zur Freude, als angenehmes Ausgespannt-Werden und sagte sich, dass nirgends ein Leiden aufzufinden wäre; und im ganzen in einer solchen Bezeichnungsweise eine lächerliche Naivität des Vermischens liege; dass das Logische nichts mit dem Seelischen zu tun habe, fiel ihm auf; dass es eine gefälschte Zurechtmachung wäre. Er fand das Logische so schlecht wie Maler, die für die Tugend ein blondes Frauenzimmer hinsetzen.

Der Fehler des Logischen ist, dass es noch nicht einmal symbolisch gelten kann. Man mag einsehen, ihr Dummköpfe, dass die Logik nur Stil werden darf, ohne je eine Wirklichkeit zu berühren. Wir müssen logisch komponieren, aus den logischen Figuren heraus wie Ornamentkünstler. Wir müssen einsehen, dass das Phantastischste die Logik ist.

Ein Grauen überlief ihn, da er der Gegenstände gedachte, die ihn stets aufsaugen wollen; wie er die Gegenstände durch seine Symbolik vernichte, und wie alles nur in der Vernichtung existiere. Hier sah er eine Berechtigung alles Ästhetischen; aber zugleich auch, dass er, da er keinen ganzen Endzweck mehr sah, den einzelnen leugnen musste. Er sehnte sich nach dem Wahnsinn, doch seinen letzten ungezügelten Rest Mensch ängstigte es sehr. Seine einzige Rettung schien eine anständige Langeweile zu sein; aber nicht, um sich damit wie der lebensfrohe Schopenhauer die Berechtigung zu einem System zu erschleichen; obwohl ihm klar wurde, dass in der Langeweile ein Stilfaktor ersten Ranges latent sei. Er blätterte in einigen Mathematikbüchern, und viel Freude bereitete es ihm, mit der Unendlichkeit umherzuspringen, wie Kinder mit Bällen und Reifen. Hier glaubte er in keinem Hinübergehen in die Dinge zu stehen, er merkte, dass er in sich sei. Er sah ein, dass es verfehlt sei, sich Dichter zu nennen; dass er in der Kunst immer im Rausch der Symbole bleibe. Es genügte ihm keineswegs, dass die Technik der Poesie symbolisch sei, und ihre Gegenstände damit einen ganz anderen Sinn erhielten; noch immer fand er, dass die sprachliche Darstellung eben nur unreine Kunst sei, gemessen an der Musik. Er verwünschte die Anstrengungen der Wissenschaftler, die Musik auf reale physiologische Vorgänge zurückzuführen. Aber es berührte ihn entschieden angenehm, dass sie ihre Verdauung interpretierten, doch alles Künstlerische mit großer Sicherheit umgingen. Es freute ihn, wie sich hier eine alte Meinung bestätigte, dass die Teile über das Ganze gar nichts aussagten, das Synthetische in der logischen Analyse die unbewusste Voraussetzung sei, und man gerade die Hauptsache somit sicher umgehe, wie es diese Psychologen taten.

„Traurig", rief er aus, „welch schlechter Romanstoff bin ich, da ich nie etwas tun werde, mich in mir drehe; ich möchte gern über Handeln etwas Geistreiches sagen, wenn ich nur wüsste, was es ist. Sicher ist mir, dass ich noch nie gehandelt oder erlebt habe."

„Auch nie genossen, Idiot", fauchte Nebukadnezar in die Stube, und schlug wieder den Deckel des Nachtstuhles zu. Leuchtende kleine Wolken glühten auf, und ein Vorhang aus Mull mit zarten Blumen überdeckt, wurde auseinandergezogen.

„Mein Herr, Sie faselten eben von einer reinlichen Scheidung Ihres Ichs. Ich merke, Sie suchen Gott. Nun ja, ich gestehe, es ist schwer einzusehen, dass alles Relative eben durch den Genuss und ähnliche passive Räusche absolut wird. Den Weg zu Dingen zu vergessen, haben Sie eben noch nicht fertiggebracht; aber die Resultate sind gleich, Sie Säugling mit der Denkerstirn",

74

schrie er mit erhobenem Zeigefinger. „Ich habe mich noch nie dafür interessiert, was ich genieße, aber dass ich genieße, war mir stets von großer Wichtigkeit."

„Mein Herr, Sie suchen Zwecke mit Ihrem Bauch. Entfernen Sie sich. Im übrigen war Ihre jenseitige Genussmaschine gefährlich. Ich wohnte doch Ihrem seligen Abscheiden bei."

„Sie sehen also immer noch nicht ein, dass lediglich die Nervenstränge rissen. Mein ziseliertes Hirn war bei weitem dauerhafter. Es ist empörend, dass Ihr misslicher Ernst mich stets zu faulen Witzen reizt. Jetzt haben Sie Ihre eigenste Spiegelung weg." Er setzte sich zu Bebuquin ins Bett. „Bebuquin", begann er gütig, „Sie sind ja immer noch ein Mensch. Variieren Sie doch einmal, monotoner Kloß. Gestatten Sie mir, dass ich Ihnen von den Gärten der Zeichen, die Geschichte von den Vorhängen erzähle. Narzissus, Unproduktiver."

Giorgio zog sich die Decke von den Ohren, steckte ein Keks in den Mund, und Böhm hub an:

DRITTES KAPITEL

Die Geschichte von den Vorhängen

Ich stand vor einem großen Stück aus Sackleinwand und schrie: „Knoten seid ihr."

„Müssen Sie denn immer schimpfen?"

„Unterbrechen Sie mich nicht. Aber ich habe das Bedürfnis, mich zu dokumentieren. Bald merkte ich, dass niemand anders die Sackleinwand sei, als ich. Es war die erste Selbsterkenntnis. Aber ich drang weiter. Ein großes Gepolter begann. Ein Sturm zerriss mich. Ich schrie vor Schmerz. Ich merkte, wie der größte Teil der Leinwand zum Teufel ging. Dann war ich total von mir geblendet. Denken Sie, ich war ein stählernes Gebirge, das auf dem Kopf stand. Zarte Seelenblumen kaschierten die Abgründe, die mit keinem Schock Sofakissen auszufüllen waren. Ich begriff den ganzen Unsinn und merkte, dass ein Sandkorn bei weitem wertvoller sei, als eine unendliche Welt. Es ging mir auch das Infinitesimale, das Wunder der Qualität, auf, das weder historisch, noch sonst wie aufgelöst werden kann. Jedenfalls merkte ich mir, dass es lediglich auf eine möglichst ungehinderte Bewegung ankomme. Ich gestehe zu, dass hier das Logische nicht ausreicht, weil jedes Axiom das andere widerlegt. Denken Sie daran, dass man mit dem Satze vom kausalen Denken eben gerade auf das Unkausale kommt; aber mit grüner Ergebung gehe ich auf die Hauptsache los. Ich sagte mir, Böhm werde dich los. Alles Persönliche ist unproduktiv. Sei Vorhang und zerreiße dich. Beschimpfe dich so lange, bis du etwas anderes bist. Sei Vorhang und Theaterstück zugleich. Wenn du eine Sehnsucht hast, handle stets im umgekehrten Sinn; denn sonst steckst du zu bald im Leim. Ich habe es stets gesagt, das Umgekehrte ist genauso richtig. Aber gehen Sie nicht mehr auf zwei Beinen. Warum amputieren Sie nicht eins heroisch unter der Bettdecke weg? Genuss verlangt Selbstbeherrschung und Qual. Grundsatz: vermeiden Sie das Gleichgewicht. Sie sehen, meine silberne Gehirnschale ist asymmetrisch. Darin liegt meine Produktivität. Über den sich fortwährend verändernden Kombinationen verlieren Sie das unglückselige Gedächtnis für die Dinge und den peinlichen Hang zum Endgültigen. Was Sie bisher nicht zu denken wagten. Die Welt ist das Mittel zum Denken. Es handelt sich nicht um Erkennen, das ist eine phantastische Tautologie. Hier geht es um Denken, Denken. Dadurch ändert sich die ganze Affäre, mein Herr. Genies handeln nie, oder sie handeln nur scheinbar. Ihr Zweck ist ein Gedanke, ein neuer, neuester Gedanke. Mein Herr, verstehen Sie jetzt den großen Napoleon? Der Mann war nicht ehrgeizig. Das ist die Projektion der Universitätsintrigen und der Dilettanten. Der Mann versuchte immer neue Mittel, um denken zu können; aber er war etwas Ideologe. Nur eines bitte ich mir aus: werfen Sie mich nicht mit der haltlosen Gefühlsduselei eines Pantheisten zusammen. Diese Leute haben nie ein gutes Bild begriffen; da steckt ihr Fehler. Das sind unkonzentrierte Gymnasiasten, die deswegen über einen Begriff nicht hinauskommen, und gerade den leugne ich. Der Begriff ist gerade so ein Nonsens, wie die Sache. Man wird nie die Kombination los. Der Begriff will zu den Dingen, aber gerade das Umgekehrte will ich. Ich richte meine Aufmerksamkeit auf den Genuss. Sie wissen nun, dass mein Ende fast als tragisch zu bezeichnen ist. Ziehen Sie sich aber an. Wir wollen einer hypothetischen Handlung beiwohnen, namlich meinem Seelenamt."

VIERTES KAPITEL

Seit Wochen starrte Bebuquin in einen Winkel seiner Stube, und er wollte den Winkel seiner Stube aus sich heraus beleben. Es graute ihn, auf die unverständlichen, niemals endenden Tatsachen angewiesen zu sein, die ihn verneinten. Aber sein erschöpfter Wille konnte nicht ein Stäubchen erzeugen; er konnte mit geschlossenen Augen nichts sehen.

„Es muss möglich sein, genau wie man früher an einen Gott glauben konnte, der die Welt aus nichts erschuf. Wie peinlich, dass ich nie vollkommen sein kann. Doch warum fehlt mir sogar die Illusion der Vollkommenheit?"
Da merkte er, dass eine gewisse Vorstellungsfähigkeit des Tatsächlichen noch in ihm sei. Er bedauerte dies, wiewohl ihm alles gleichgültig erschien. Es war nicht, dass die generellen Instinkte in ihm abgestorben wären. Er sagte sich, dass der Wert etwas Alogisches sei, und er wollte damit nicht Logik machen. Er spürte in diesem Widerspruch keine Belebung, sondern Aufhebung, Ruhe. Nicht die Verneinung machte ihm Vergnügen. Er verachtete diese prätentiösen Nörgler. Er verachtete diese Unreinlichkeit des dramatischen Menschen. Er sagte sich, vielleicht nötige ihn nur seine Faulheit zu dieser Betrachtung. Doch die Gründe waren ihm nebensächlich. Es handelte sich um den Gedanken, der logisch war, woher auch seine Ursachen kamen.

Böhm begrüßte ihn leise und freundlich. Er wollte sich nach seinem Tode etwas schonen, da er noch nichts sicheres über die Unsterblichkeit wusste.

„Es ist anständig und lässt Sie in gutem Licht erscheinen, wie Sie sich mit Todesverachtung um das Logische bemühen. Aber leider dürften Sie keinen Erfolg haben, da Sie nur eine Logik und ein Nichtlogisches annehmen. Es gibt viele Logiken, mein Lieber, in uns, welche sich bekämpfen, und aus deren Kampf das Alogische hervorgeht. Lassen Sie sich nicht von einigen mangelhaften Philosophen täuschen, die fortwährend von der Einheit schwatzen und den Beziehungen aller Teile aufeinander, ihrem Verknüpftsein zu einem Ganzen. Wir sind nicht mehr so phantasielos, das Dasein eines Gottes zu behaupten. Alles unverschämte Einbiegen auf eine Einheit appelliert nur an die Faulheit der Mitmenschen. Bebuquin, sehen Sie einmal. Vor allen Dingen wissen die Leute nichts von der Beschaffenheit des Leibes. Erinnern Sie sich der weiten Strahlenmäntel der Heiligen auf den alten Bildern und nehmen Sie diese bitte wörtlich. Doch das alles sind Gemeinplätze. Was Ihnen, mein Lieber, fehlt, ist das Wunder. Merken Sie jetzt, warum Sie von allen Sachen und Dingen abgleiten? Sie sind ein Phantast mit unzureichenden Mitteln. Auch ich suchte das Wunder. Denken Sie an Melitta, die aus dem Sprachrohr fiel, und wie ich mich blamierte. Man braucht die Frauen überhaupt nur, um sich zu blamieren. Es ist das eine Selektion, die gerecht ist, gerade weil in der Frau nur Dummheit steckt. Darum redet man bei ihr von Möglichkeiten und meint zuletzt, dass die Frau phantastisch sei. Hinter eines kam ich seit meinem seligen Abscheiden. Sie sind Phantast, weil Sie nicht genug können. Das Phantastische ist gewiss ebenso Stoff- wie Formfrage. Aber vergessen Sie eines nicht. Phantasten sind Leute, die nicht mit einem Dreieck zu Ende kommen. Man soll nicht sagen, dass sie Symbolisten sind. Aber in Gottes Namen, Ihnen ist dieser Dilettantismus nötig. Sie sahen noch nie ein paar Leute, nie ein Blatt. Denken Sie eine Frau unter der Laterne; eine Nase, ein Lichthauch, sonst nichts. Das Licht, aufgefangen von Häusern und Menschen. Damit wäre noch etwas zu sagen. Hüten Sie sich vor quantitativen Experimenten. In der Kunst ist die Zahl, die Größe ganz gleichgültig. Wenn sie eine Rolle spielt, so ist sie bestimmt abgeleitet. Mit der Unendlichkeit zu arbeiten, ist purer Dilettantismus. Hier gebe ich Ihnen noch einen Ratschlag, der Sie später vielleicht anregt. Kant wird gewiss eine große Rolle spielen. Merken Sie sich eins. Seine verführerische Bedeutung liegt darin, dass er Gleichgewicht zustande brachte zwischen Objekt und Subjekt. Aber eines, die Hauptsache, vergaß er: was wohl das Erkenntnistheorie treibende Subjekt macht, das eben Objekt und Subjekt konstatiert. Ist das wohl ein psychisches Ding an sich. Da steckt der Haken, warum der deutsche Idealismus Kant dermaßen übertreiben konnte. Unschöpferische werden sich stets am Unmöglichen erschöpfen, keine Grenzen kennen, wieviel Seelisches die Gegenstände ertragen, verantworten können. Alle Unendlichkeitsrederei kommt von ungeformter arbeitsloser Seelenenergie. Es ist der Ausdruck der potentiellen Energie, also eine Sache des kräftigen Nichtkönnens."

FÜNFTES KAPITEL

Um die Tische verbanden sich die Wiener Rohrstühle zu rhythmischen Girlanden. Die Nase eines Trinkers konzentrierte die Kette jäh. Die Lichter hingen klumpenweise von der Decke und zerplatzten die Wände zu Fetzen. „So vernichtet eins den anderen", bemerkte hierzu der jugendliche Maler Lippenknabe. „Ich bin darauf dressiert, überall die Negation aufzufinden."
„Ja, trotzdem: die Gemütlichkeit der Vernichtung ist das Interessanteste. Lachhaft ist die Gespanntheit von allem. Ich bedaure, dass sich Kunst und Philosophie die Aufgabe stellen, dies immer Fragmentarische als ruhende Form zu geben. In unserem Energieverbrauch muss es Teilungsgewohnheiten geben. Die Energie der Form verbirgt oft allzu heftige Angst vor Erweiterung, beweist den Rhythmus der Müdigkeit. Immer beschäftigte es mich, alles nur vorläufig zu betrachten. Immer stieß ich auf Zustände der Völker, wo diese ablassend von strengen Werten nach kurzer Irre sich der Kunst zuwandten und hier sich Absolutes erschlichen mit dem Unterbewusstsein, dies sei erlaubt; sie führten nämlich ihre ästhetischen Gründe an in artisti-

schem Sinne. Bald vergaßen sie diese und hatten gemächliche Werte, auf denen es sich bequem ausruhen, arbeiten und leben ließ. Das Ästhetische reagierte ethisch ab, zunächst mit Übertreibungen. Ich gestehe, mit Vergnügen bemerkte ich, dass sich aus der symbolischen Kunst eine Formkunst bei einigen Begabteren abtrennte; aber vielleicht schuf das Symbol das Artistische, da dieses die Grenzenlosigkeit des ersteren überwinden musste, woraus sich die heutige Scheidung ergibt. Fiel es Ihnen nicht auf, dass die früheren Christen durch die Bilder disputieren und denken; und gerade darum waren sie zur größten Energie der Form und zur beständigen sinnlichen Variation eines in sich stille Bleibenden gezwungen."

Bebuquin sagte: „Das Verdienst Schopenhauers, die Ruhe als Wesen aller Dinge und Subjekte eingeführt zu haben, ist stets hervorzuheben. Er gab damit die unbewegte Idee Platos wieder, das strenge, unberührte Gesetz; aber fürwahr, das Wesen ist ein Nichts. Doch ist die Reduzierung auf Eindrücke peinlich. Schwerlich werde ich mir einmal über den Produktiven klar. Dieses kindliche Suchen nach einem Anfang wird mich schädigen."

Euphemia trat in das Café ein. Das gelbe Licht gab ihren Röcken, – die, Wogen von Rudern bewegt, über ihren straffen Beinen schäumten, – Konturen, die in ihrem Hut zusammenliefen und an dem weit überhängenden Federbukett des Hutes versprühten. Man hat sie seit langem nicht gesehen, da sie mit einem Knaben niedergekommen war. Die Geburt war für ihren Körper anscheinend vorteilhaft gewesen. Unwillkürlich dachte Bebuquin, an dem Kinde habe sie sich ihres Fettes, ihrer bisherigen schlechten Erfahrungen entledigt. Sie sah geradezu jungfräulich aus.

„Was ist doch das für ein Unglück, dass wir Männer vom Weibe kommen."

Euphemia: „Nun, mein Junge, wie habe ich mich erholt?" Heinrich Lippenknabe hub ein Lied an, das der bleiche, lange Pikkolo mit dem Rauschen der Vorhänge und dem Klingen der metallenen Schnürgriffe akzentuierte.

„Weit stinkt uns die Einsamkeit entgegen, auf allen unseren grauen Wegen krallt unser Auge sich an einen blauen Fleck. Die Einsamkeit. Es ist ein dunkelklitschig Zimmer ohne Wände, doch hat keiner ihre Höhe je ermessen. Um uns tanzt der Kosmos von Finessen, doch fällt auf mich kein Schimmer."

„Hören Sie mit dem Blödsinn auf. Ich möchte die ganze Geschichte in mich konzentrieren."

„Das können Sie ohne weiteres, glauben Sie es einfach."

„Ich dachte schon oft, dass unsere Meinungen als strenge Umkehr der Tatsachen aufgefasst werden können. Negation besagt gar nichts, ebensowenig die Bejahung. Das Künstlerische beginnt mit dem Worte anders. Künstlerische Formen können sich dermaßen verfestigt haben, über die Dinge hinausgewachsen sein, dass sie einen neuen Gegenstand erschaffen. Ihnen ist die Welt zum Gräuel geworden, die sich dem Maskenspiel des Dichters opfern soll. Aber wir sind in unser Gedächtnis eingeschlossen, auf Tautologien angewiesen – ich sehe dabei von der Existenz des Wortes 'Form' ab. Das Wesentliche dieses Wortes ist, dass es mit Nichts alles enthält, aber zugleich mehr ist als Begriff oder Symbol. Auf der einen Seite geht es über das Logische weit hinaus und lässt von der Erfahrung bedeutendere Merkmale zurück; sie besitzt Selbstbewegung. Ruhe und Bewegung sind zugleich in ihr eingeschlossen. Das Symbol gab die Vor- und Nachfolgen der Form, das empirische und ein fremdes; die Form aber verbarg sich ungesehen zwischen den beiden Gliedern. Die Form weist auch über die Kausalität hinaus, zugleich besitzt sie vorzüglichere Eigenschaften als die Idee; sie ist mehr als ein Prozess. Vor allem aber vermag sie sich mit jedem Organ und Ding zu verbinden; da ihre Verpflichtung an die Gegenstände eine denkbar lose ist, gebietet sie diesen ohne Vergewaltigung. In ihr beendet sich die christliche Verneinung der Gestalt; gerade jene wird von ihr erstrebt mit den reinen Kräften der Seele. Der Christ gab nie ein wenigstens scheinbares Endresultat, er verneinte und vergewaltigte krampfhaft. Vielleicht gebiert die Form neue Gegenstände; sie ist von ihrem Ursprünglichen entfernter als der Begriff, und eine Deduktion von ihr ist durchaus von einer begrifflichen unterschieden. Die Anschauung gewinnt in ihr eine Kraft, die vorher dem Begriff allein zugesprochen wurde."

SECHSTES KAPITEL

Eine blaue Hutfeder Euphemias besoff sich blitzend im grünen Chartreuse.
Bebuquin schaute mit seinem linken Bein in die Ecke der Bar, wo Heinrich Lippenknabe nachdenkerisch in der bronzierten Nabelhöhle einer Hetäre eine Orchidee arrangierte und sie mit Kognak begoss.
„Wer ist der Vater?" schrie die Büfettdame. Der Schein der elektrischen Lampen fuhr ihr durch die Spitzen zum Knie, tanzte über die Kristallflakons und die Sektkühler erregt rückwärts; das sonst anständige elektrische Licht!
„Keiner", schaute Euphemia mit kreisförmig ausgebreiteten Augen. „Ich kriegte ihn im Traum."
„Quatsch", rief Heinrich Lippenknabe, „sie meint ein vergebliches Präventiv."
"Erstens hatte ich keine Ahnung, wer der Vater sein kann. Das ist auch

gleichgültig." Sie sah erschreckt drein.

„War es vielleicht Böhm?" fragte Bebuquin.

Euphemia schrie senkrecht auf. „Der kommt immer, er wird das Kind stillen, er hat jetzt eine solch milchfarbene Schädelplatte, seit er starb, und er benutzt seinen Schlingdarm, für den er keine Verwendung mehr hat, als Zither und singt sehr ergreifend dazu den Pythagoreischen Lehrsatz. Er sagte, der Junge müsse ein ganz Intellektueller werden."

„Ja, dein Embryo schrieb doch eine philosophische Arbeit und doktorierte auf Geburt; nicht wahr, die Geschichte zeigt: die zerstörte Nabelschnur oder das Principium individuationis."

„Ja", flüsterte Euphemia, „er hat bereits der Welt entsagt, er wird geistig, ist ganz wunschlos, unreinlich und schweigsam. Außerdem hat er eine sensible Haut, die wechselt fortwährend die Farbe. Kann man ihn nicht als Reklametransparent benutzen? Man spart farbige Glühlampen."

„Das Alogische wächst, das Alogische siegt, er wird nicht abgeleitet."

Bebuquin balancierte auf dem kippligen Barstuhl. „Darum, meine Damen, werden so viele verrückt. Wir entbehren der Fiktionen, der Positivismus ruiniert."

Die Büfettdame kniete verzückt zwischen den Sektkühlern. „Herr, wir konzipieren zu materiell." Ihr Spitzenkleid umglitzerte sie, Ornament des Traums. Die Sektkühler, heilige Gefäße des Unsäglichen. „Wir opfern nichts mehr", schrie Bebuquin auf die Straße, „das Sublime geht verloren. Das Wunder kritisiert ihr, das Wunder hat nur Sinn, wenn es leibhaftig ist, aber ihr habt alle Kräfte zerstört, die über das Menschliche hinausgehen."

„Ich will, dass der Geist sichtbar werde", stöhnte Heinrich Lippenknabe.

„Das Nichts soll sich materialisieren", – die Dame mit der Orchidee in der Nabelhöhle.

Böhm stand unter ihnen. Er sagte: „Das Naturgesetz soll sich im Alkohol besaufen, bis es merkt, es gibt irrationelle Situationen, und einsieht, gesetzmäßg ist nur der Demokrat mit dem Reichstagswahlrecht und die Schwachheit. Das Gesetz realisiert sich seelisch nie, es hängt sinnlos an dem Nagel irgendeines schlechten Mathematikaxioms. Wenn etwas auf das Gesetz erkannt wird, beweist es nur, die Sache ist als Erlebnis überlebt. Das Gesetz ist die Vergangenheit, dem Tod unterworfen. Sic. Es fehlen uns die Ausnahmen. Zu wenig Leute haben den Mut, vollkommenen Blödsinn zu sagen. Häufig wiederholter Blödsinn wird integrierendes Moment unseres Denkens; bei einer gewissen Stufe der Intelligenz interessiert man sich für das Korrekte, Vernünftige gar nicht mehr. Die Vernunft macht zu viel Großes, Erhabenes zum Grotesken, Unmöglichen. An der Vernunft ruinierten wir

Gott die umfassende Idiosynkrasie. Welches Recht hat die Vernunft dazu? Sie sitzt auf der Einheit. Da sitzt die Gemeinheit. Es gibt so viele Welten, die gar nichts miteinander zu tun haben, so wenig, wie grüner Chartreuse mit den Visionen, in die er sich umsetzt. Wenn ein sympathischer Zeitgenosse sich mit Außerordentlichem abgibt, sperren sie ihn ins Irrenhaus. Meine Herren, der Mann interessiert sich nur nicht für Ihre rationale Welt. Warum wollen Sie denn nicht einsehen, wenigstens dass Ihre Vernunft langweilig ist? Alles stilisiert die Vernunft, das meiste verschleißt sie zu angeblich belanglosen Übergängen, das andere ist Kanon, das Wertvolle, das Langweilige, Demokratische, das Stabile.

Meine Herren, die Intelligenz und Phantasie der Leute hat sich darin zu zeigen, dass man den Blitz einfängt, differenzieren Sie. Ich versichere Ihnen, ich zum Beispiel lebe nur, weil ich mich mir suggeriere; in Wirklichkeit bin ich tot. Sie wissen doch, ich ließ mich einsargen. Aber ich versprach mir als Reklame für das Unwirkliche herumzulaufen, bis irgendein Idiot ein Wunder an mir erlebt. Sehet, Babys, unwirklich, nichts, das sind Bezeichnungen für eure schlechte Augen. Wenn es eine künftige Fülle gibt, dann kommt sie aus dem Nichts, dem Unwirklichen. Das ist die einzige Garantie fur die Zukunft.

Der Utilist und der Vernünftler sagen fur das Imaginäre Trug und Maja, für das Nichts Vakuum oder Äther. Das sind Leute, die wollen alles in den Mund nehmen und essen oder zu einer Moral aufschneiden. Aber das Nichts ist die indifferente Voraussetzung allen Seins. Das Nichts ist die Grundlage, nur darf man nicht an Robert Meyer glauben und alle Existenz ist doch nur eine Einschränkung des Nichts. Die Existenz in Formen ist ein Sofa, eine Schlummerrolle, eine ebenso unverbindliche, wie langweilende Konvention. Wenn man frei und kühn zum Leben in vielen Formen ist, wenn man den Tod als einVorurteil, einen Mangel an Phantasie ansieht, dann geht man aufs Phantastische, das ist die Unermüdlichkeit in allen möglichen Formen.

Ich gebe zu, die Vernunft macht alles bequem, sie konzentriert, aber sie zerstört zu viel, macht zu vieles lächerlich und gerade das Größte. Man muß das Unmögliche so lange anschauen, bis es eine leichte Angelegenheit ist. Das Wunder ist eine Frage des Trainings. Euphemia, euch mangelt ein Kult. Der Romantiker sagt: Seht, ich habe Phantasie, und ich habe Vernunft, ich bin sonderlich und sage mitunter Sachen, die es nicht gibt, wie euch das meine Vernunft hintennach zeigt. Wenn ich sehr poetisch sein will, sage ich dann, die Geschichte hat mir geträumt. Aber, das ist mein sublimstes Mittel, damit muss man sparen. Und dann kommen noch Masken und Spiegelbild als romantischer Apparat. Aber, Herrschaften, da ist Ästhetizismus bei. Beim Romantiker macht man einen Schritt vorwärts und zwei zurück. Das

82

ist ein zuckendes Klebpflaster." Er begoss die noch nicht Verschiedenen mit Absinth. „Hier ein Mittel des Dilettanten."

Bebuquin fuhr Euphemia an die Nase und umarmte sie zugleich leidenschaftlich. Ein Sturmregen pointilliert die großen Scheibenfenster. „Wir bedürfen einer Sündflut. Man hat bis jetzt die Vernunft benutzt, die Sinne zu vergröbern, die Wahrnehmung zu reduzieren, zu vereinfachen. Im ganzen, die Vernunft verarmte; die Vernunft verarmte Gott bis zur Indifferenz; töten wir die Vernunft; die Vernunft hat den gestaltlosen Tod produziert, wo es nichts mehr zu sehen gibt. Noch für Dante war der Tod ein Vorwand für Glanz, Farbe, Reichtum und Lust. Nehmen wir unsere Sinne, entreißen wir sie der Ruhe der Stupidität platonischer Ideen, beobachten wir den Moment, der viel eigenartiger ist als die Ruhe, weil er differenziert und charakteristisch ist, gar keine Einheit hat, sondern sich zwischen vorn und hinten restlos aufteilt."

Der tote Böhm tanzte dankend auf Euphemias Hut und versank im Büfett; er legte sich wieder in eine seltsame Kognaksorte, die er von jeher geliebt.

SIEBENTES KAPITEL

Die drei Bogenlampen schwebten in der Bar. Ihre Strahlen, losgelöst vom inneren Lichtkern, durchbohrten sich wie Stricknadeln. Böhm im Kognak stieg heraus, tanzte hinter den Kristallflakons der farbigen Schnäpse, leise trällernd den Cancan des Chamäleons serpentina alcoholica. Die Monde der Bogenlampen wurden obszön, ihre Strahlen fingerten in der Dekolletage der Damen, man hörte auf Bebuquins leise, trockene Stimme, der von seiner letzten Liebschaft erzählte.

„Der Abschied von der Symmetrie.

Meine letzte Geliebte stand im Garten zur sympathischen Kurve – ist eine Vase aus Knidos. Ein reiches Weib besaß sie, konnte sie aber nicht um sich ertragen, weil sie die Konkurrenz mit der Vase nicht bestreiten konnte. Sie stieß bedeutend mit der Zunge an und sah ästhetische Jünglinge bei sich. Um Bildung zu markieren, zeigte die Dame den Jünglingen stets die knidische Vase. Also die Jünglinge verglichen kunstgewerblich die Dame mit der Vase. Der Pott hatte unbedingt die Form eines schlanken Weibes, die Dame zog dabei den kürzeren und kam mit der Liebe zur Kunst nicht auf ihre Kosten. Diese Vase ruinierte mich fast, meine Sinne waren ziemlich abstrakt gestimmt. Ich suchte wochenlang nach der Frau, welche die Proportionen der Vase habe. Selbstverständlich vergeblich. Höchstens die Puppe in

Euphemias billiger Erstarrnis. Aber das stimmte alles nicht. Im Traum stieg ich zur Vase und zerbrach sie regelmäßig. Das Gefäß machte mich zum Klassizisten, zum symmetrisch geteilten Stilisten. Da fand ich's. Die Symmetrie ist wie die Platonische Idee eine tote Ruhe. Böhm sagte mal, ich sollte mir ein Bein amputieren. Das war brutal, aber ganz richtig. Doch die Sache war mir damals nicht klar, die Symmetrie ist langweilig wie Mechanik. Zuletzt ließ ich mir die knidische Vase schenken. Damit war der Dame des Hauses und mir gedient. Nach einer ziemlich schlimmen Nacht schlug ich den Topf entzwei. Es ging ums Leben. Seitdem bin ich Romantiker geworden."

Bebuquin sah nicht, dass die Hetäre und Euphemia krampfhaft unter den Bogenlampen saßen, Liköre tranken und in das Licht starrten. Lippenknabe küsste seine Mätresse auf den Arm. Grell schrie sie auf und wehrte den Maler deutlich mit einer langen, spitzen Hutnadel aus dem zuckenden Lichtkreis ab. Er zog sich notgedrungen zurück.

Die Frauen lagen verzückt unter den starren, stechenden Dolchen der Bogenlampen. Sie stöhnten wie Tiere. Die Lampen begannen zu zucken, sie zischten. Bebuquin drehte die Leitung ab. Die Frauen schraken verstört auf. Der Maler sagte eifersüchtig „Sonnenkult" und ging. Bebuquin blieb mit den Frauen. Man trank weiter, der Alkohol redete wie Gott aus dem Munde der Propheten. Der fahle Morgen betupfte die Scheiben. Er krauchte die Häusermauern hinunter. Die drei Leute ängstigten sich vor der Trennung. Denn man geht erst, wenn die Erschöpfung vollendet ist. Sie kauerten zusammen, eine kalte, feuchte Schlange zog sich immer enger um die drei. Der Schrecken des Farbenwechsels der übergehenden Zeiten machte sie stumm. Die Nacht, welche die vom Licht übergrellten Gesichte liebt, starb in den Tag hinein. Man fühlte, man müsse die Nächte zu einem ernsten Training benutzen; denn die drei wollten um jeden Preis Visionäre werden, ganz unmenschlich sein. Sie waren ihres Körpers und seiner Formen unabweislich müde geworden und spürten, dass sie sich verzerren müssten.

Unter der blöden Sonne gingen die Grauen heim. Die Landschaft war auf ein Brett gestrichen, die aufgerissenen Augen spürten nicht mehr vor Überreizung, dass es heller und klarer wurde. Das Licht der Glühlampen und die sie umhüllende Finsternis steckte noch in den Sehnerven. Bebuquin versuchte weinend der Sonne in einen imaginären Bauch zu treten. Ein Brillant über Euphemias Dekolleté fing das unverbrauchte Morgenlicht auf, konzentrierte das Licht. Giorgio erschrak vor der Blitzenden, schrie „verflucht" und suchte ihre Wohnung auf. Die Hetäre zog allein weiter. Man ließ sie unbenutzt stehen, sie spannte ihren pfaufarbenen Schirm auf, sprang wild ein paarmal in die Höhe, dann fügte sie sich in die Fläche einer Litfaßsäule. Sie war nur ein Plakat gewesen für die neueröffnete Animierkneipe „Essay".

ACHTES KAPITEL

Durch die regengepeitschte Nacht fuhr in einem Auto die Schauspielerin Fredegonde Perlenblick. Sie hörte außerdem auf den Namen Mah bei jüngeren Liebhabern, Lou, wenn sie dämonisch war, und Bea, wenn sie eine Familie zu ersetzen suchte. Sie fuhr mit zwei erschrecklich blendenden Scheinwerfern, die im glitschrigen Asphalt, in dessen Regenwasser die Schatten der letzten Trotteurs gaukelten, weiße Lichtgruben aufrissen. Ihre Autohupe hatte entschieden dramatische Kraft. Der Chauffeur hielt einen tragischen Rezitationsstil inne, die Hupe hatte das dramatische R. Auf dem Dache des Coupés war ein Kintopp angebracht, der den verschlafenen Bürgern zeigte, wie die Schauspielerin Fredegonde Perlenblick sich auszog, badete und zu Bett ging. Ehe es dunkel wurde, erschien über dem Bett kalligraphisch „Endlich allein?" Unter der Bilderreihe des rasenden Cinema stand zum Beispiel „Ich trage den Strumpfhalter ›Ideal‹" oder sonst irgendeine wertvolle Empfehlung. Die Schauspielerin ließ vor der Bar halten. Sie stieg aus, es war noch niemand da. Ihr erster, zündender Blick, der das Lokal durchkreiste, blieb unerwidert. Sie setzte sich hin und war schön für sich selbst. Bebuquin stieg über die Schwelle.

„Gnädigste, Sie sitzen auf einer Hypothese."

„Ja, ich bin wie ein verkleideter Knabe." Die Dame zog den Blick Nummer fünf. Sie merkte, diesmal müsste sie auf höherem Niveau einsetzen.

„Gnädigste, wissen Sie, Sie beweisen mir durchaus die Nichtexistenz des Materiellen."

„Oh, wir werden ja auch beim Theater, soweit angängig, Stilisten. Ich habe schon ein Reformkleid versucht, aber das ist so schwer zu tragen. Entweder, man sieht wie permanente Jungfrau aus, oder schlechthin verheiratet. Ein Mittelstück gibt's da gar nicht." Sie markierte erregten Busen. Man war still. Der schalkige Böhm befunkelte aus seiner Kognakbütte den Hals Fredegondes. Sie reagierte. Bescheiden sprach er: „Gnädigste, wollen Sie einen Edelstein aus meinem Kopf?"

„Ich habe den Büchmann und eine lyrische Anthologie. Das genügt", sagte sie entrüstet.

„Ich meine ja ganz richtige."

„Vorher musste ich auf einer Hypothese sitzen, und jetzt wollen Sie mir immaterielle Juwelen verzapfen. Mein Herr, achten Sie den Intellekt des Weibes."

„Kindchen, hast du schon von einem verkehrten Kaffee gehört? Sieh, gönn uns den bescheidenen Sport der Verrücktheit."

„Aber man muss natürlich sein. Ich bin immer so natürlich." Jetzt lächelte sie bereits.

Böhm schnalzte ihr flink einen Edelstein auf den Hals und redete mit furchtbarer Stimme. „Jetzt bist du in die Träume gezogen. Schmerzkakadu los!"

Der Giebel des Büfetts färbte sich bunt. Vogelaugen starrten, die Wände der Bar überzogen sich mit Vogelfedern, und man hörte ein Geratter von Flügeln, man spürte, es wird geflogen, höher, wilder in den Wahnsinn.

Die Schauspielerin schrie: „Drehbühne! Shakespeare bei Reinhardt!" und hielt krampfhaft ihre Handtasche. Die Flügel des Kakadus wurden mit Menschen angefüllt. Euphemia saß über allen, Emil, den phosphoreszierenden Embryo, auf dem Schoß und rief: „Herrschaften, heute wird schwarz weiß. Wir werden so wütend, dass wir hintennach kein Wort mehr reden werden. Oh, ich bin ja nur die Wachspuppe aus der billigen Erstarrnis."

Jetzt sahen sie von sich ausgehend eine Reihe; es tanzten um sie die vergangenen Jahre, die rauften. „Wir müssen auf die Sinne", rief Böhm. „Kinder, im Himmel gibt's nur verzückte Augen. Wir müssen so genau sehen, dass darin alles Wissen steckt."

Aufgeregt starrte das Volk auf der Straße nach dem großen Tier, das in der Luft torkelte, und schrie: „Es kommt der Lebendige." Der Vogel schrie in Graurot: „Ich bin ein Beweis, es kann auch anders zugehen."

Die Menschen klapperten vor Angst, ob sie es ertragen könnten. Meistens bleibt man ja im dilettantischen Schrecken stehen. Und endet mit einem Schlaganfall auf dem Plüschsofa. Davor ein weißer Mops aus Porzellan. Er hat eine rote Schleife.

NEUNTES KAPITEL

Aber selbstverständlich, man fliegt nicht immer. Beim vierten Glas rohen Whiskys sitzt man wieder schwer. Euphemia sagte: „Böhm ist doch ein törichter Mensch, ich weiß nie, ob er lebt oder tot ist."

Drei Arbeiter klumpten in die Bar. Das elektrische Licht erinnerte sie an das der Fabrik. Sie hatten zu fordern. Einer langte sich eine Flasche Sekt. Ein sensibler Kellner keifte. Er zuckte nervös mit dem Knie. Sein Vater war

Hausknecht in einem bürgerlichen Lokal. „Meine Herren, Sie kennen nicht den Schmerzkakadu. Es ist nicht ratsam, sich zu betrinken." Eine rote Arbeiterbluse mit einem blaubeglühten Schädel dröhnte: „Wir nippen bloß." Nahm einige Likörflaschen unter den Arm und die Schauspielerin Fredegonde Perlenblick. „Athlet", stöhnte sie verzückt.

Euphemia sagte verächtlich apodiktisch: „Kühe sind Wiederkäuer, sei es Heu, sei es Shakespeare. Kühe lieben Stiere."

Man hörte von der Straße die schimpfende Tragödie. „Explosive Seele."

Sie hob ihre Röcke sehr hoch. Ihr Auto raste gierig davon. Es rollte den Asphalt auf, glitschte über die Reflexe der Gaslampen und der letzten Bummler. Jetzt mag d'Annunzio weiterschreiben.

In der Bar sang man den Kantus der Gottesstreiter, zur Erbauung und Stärkung von Böhms Leiche. Lippenknabe schmeckte die trabende Melodie auf der Zunge wie Rizinusöl. „Böhm ruiniert uns jedes Formgefühl. Der Kerl ist doch tot, wenn er auch hier herumflunkert."

Man brach eine begonnene Debatte ab. Herein kam eine Dame, hintendrein ein dünner, ziemlich durchsichtiger Herr. Er stellte sich mit dem Gesicht in eine Ecke und litaneite. „Laurenz Ehmke, Platoniker, gehe nur nachts aus, weil es da keine Farben gibt. Ich suche die reine ruhende, einsame Idee, diese Dame tatkräftig rhythmische Erregung.Ich bin eigentümlich, da ich von zwei Dingen ruiniert werde, einem höheren der Idee und einem niederen der Dame."

„Ja, aber ruinieren Sie doch die beiden, die sich bedingen, zum mindesten Ihre blödsinnige Ideologie vom Sein, von der Langeweile, dem Tod. Das ist nur eine Müdigkeit, ein Defekt, Platonismus ist Anästhesie. Reißen Sie sich doch die Augen aus und die Ohren, dann haben Sie Ihren Platonismus zuwege gebracht."

Aurora, die Frau des Kauzes, der prinzipiell farblose Schnäpse trank, näherte sich und sagte: „Ehmke mach kontemplativ." Ehmke schrak zusammen, blickte sie erst flehend, dann voll Verachtung an, sagte: „Du kennst mich nicht" – aber sie „dafür du mich"; er grinste wie ein kleiner Idiot, senkte den Kopf zum Nabel, die Farbe ging ihm aus dem Gesicht, und schaute gelassen auf seinen Bauch.

Inzwischen war sie liebevoll.

Da die beiden schließlich störten, ließ man sie hinauswerfen, denn nichts ist so uberflüssig, langweilig, wie ein Ideologe und eine Hure. Beide, die banalste Form des Spleens.

Nach kurzer Weile kam ein Fremder ins Lokal, unauffällig im Frack wie jeder. Böhm tänzelte aus der Kognaksorte und rief: „das ist er." Euphemia ging wie in der Hypnose auf den Unbekannten zu und sagte: „Sie sind uns ganz fremd, aber furchtbar deutlich, ich soll mich ihnen geben." Der Fremde sagte mit mittlerer Stimme: „Bitte kommen Sie mit mir."

„Und warum sollen wir Gott nicht lieben", sagte leise Bebuquin.

„Denn das Unbekannte ist der Liebling des forschenden Schöpfers", flüsterte Lippenknabe.

Die Uhr tönte die Sekunden, jede Sekunde war plastisch deutlich, das Auge sah den Klang. Die Erde war ihnen einen Augenblick ein kristallen Feuer, die Menschen von durchsichtigem Glas. Bebuquin seufzte. Gegen die Scheiben fiel aus dem farbigen Morgenwind der beginnende Regen.

ZEHNTES KAPITEL

Die Menschen, die löffelweise, keiner wusste vom anderen, in den Zirkus, eine kolossalische Rotunde des Staunens, geflattert waren, saßen zur Masse verkeilt, und man erwartete Miss Euphemia. An den Ranggeländern liefen Ornamente erregter Hände entlang, Bogenlampen schwangen ihre energetischen Milchkübel. Man bemerkte Miss Euphemia erst, als sie an die Decke aufgezogen war; sie hielt sich mit den Zähnen in einen Strick verbissen. Ließ sich los, und ein Salto mortale war an der Decke geschlagen zum anderen Ende, wo sie mit den Zähnen ein Seil aufriss. Es fiel ein Programm. Miss Euphemia glitt beim dritten Male am Seil ab; sie beschloss aus formalen Gründen, sich das Genick zu brechen. Senkrecht schrien die Leute, einige versuchten, von den Galerien herabzuspringen. Euphemia sah den schwebenden Kronleuchter und ergriff fünfeinhalb Meter über dem Boden das Seil. Die Leute wüteten. Euphemia machte dann mit großer Sicherheit noch einige Salto mortales. Trotzdem, sie war moralisch ruiniert. (Die stärkste Moralität dies des Handwerks.) Und sie fand es ziemlich, in ein Kloster einzutreten, um zu büßen. Die Menschen leerten sich in den kühlen Abend, gingen auseinander und verschwanden. Der Zirkus stand leer, eine runde Dunkelheit. Vor einem schlafenden Affenkäfig geißelte sich Euphemia.

ELFTES KAPITEL

Der Schatten eines sich begattenden Affenpaares schlich über Euphemia.
Sie erschauerte müde, aber mit schattender Begierde, die über sie wegkroch.

Leise ging sie in die Mitte der Arena, zog ihr Gazekleid ab und stand nackt in der Dunkelheit. Wenige spärliche Sterne leuchteten durch die Luken. Das verhängnisvolle Seil pendelte zwischen ihnen. „Sie sind nun erledigt", rief Bebuquin durch die Finsternis. Sein Schatten glitt über den Boden, über Euphemia.

„Rühren Sie mich nicht an", schrie sie. „Ich gehöre dem andern. Ich habe mich dem imaginierten Böhm angetraut. Er kann aus der Wand kommen. Er ist außerhalb jeder Regel. Er hat mir alles verwirrt. Sein tödlicher formloser Humor, bei dem jedes nichts und sehr bedeutungsvoll ist, fuhr in mich. Ich leide so unter den Versuchungen der Phantasie. Ein Weib hält das doch nicht aus. Sehen Sie, Böhm ist für mich wirklicher, als Sie. Er ist ein grausamer Witz, eine phantastische Guillotine. O du mein Galgen. Ich sehe immer gerade aus, wie er's braucht. Er nimmt mir alle Kraft aus den Gliedern. Ich hocke tagelang und sehe ihn in dem Schatten des Abends, bald grünt er im Morgen, wie ein endloser Kakadu, bald liegt er draußen im Meer, und ich reise tagelang der Welle nach, der grünen Flasche, die ihn umschließt. Es ist so reich, mit den Toten zu verkehren, es ist eine stille, innerlich bohrende Lust, lautlos sprengende Raserei; Böhm!"

„Ihnen sind die Gestalten verwirrt."

Sie sind töricht, ich stehe in einem langen alten Mythos, der mich umschlingt wie ein Gewebe. Wissen Sie, die Luft ist etwas ganz anderes, das ist eine Glasglocke. Ich muß dahinaus, man erstickt so elend in dem engen Leben. Böhm erweiterte in einem ständigen Training die phantastischen Fähigkeiten seines Körpers; seine Stimme, die Strahlen seiner Augen. Ja, was war das, wie weit reichten die; ich bin einfach verfallen in die Grenzenlosigkeit des Humors. Doch ich leide unter all dem Grauenhaften. Ich vermöchte mit einem zufriedenen Lächeln irgendeinen zu töten, vielleicht nähme das alle Last von mir. Wissen Sie, wir handeln immer doch zuletzt aus einem Minimum von Überspannung, die eines findet, an dem sie sich auslöst. Eine große Dunkelheit und ein weniges, ein Grämmchen von Überspannung. In uns sind alle Laster, alle Größe, nur temperiert, gegenseitig geschwächt; aber wenn sich eins überspannt, der Hass, die Angst, die Liebe, dann ist in einem Blitz der ganze Weg durchgeflogen, oder wir gehen wie Mondsüchtige, haben die anderen Empfindungen verlernt, tun das Nötige und sind wie vorher und wissen nichts. So geschehen viele Morde."

„Aber der Körper, die Sinne."

„Du mein Gott, das sind die ärmlichsten Gewöhnungen, Vorurteile. Viel stärker, reizvoller, gefährlicher sind dieEmpfindungen, die keines Erlebnisses bedürfen. Denn schließlich gibt es Menschen, die kommen auf die Erde und kennen alles. Das Leben ist nur eine mühevolle Darstellung der Erinnerung, nichts Neues."

„Also kämen wir doch von Gott."

„Aber woher denn?"

„Sie kriegten doch Emil."

"Nein, das war nicht ich, irgend etwas in mir produzierte da, bewahrte auf. Und der erste Schrei des Kindes, das konnte doch nicht von mir kommen. Und die Form, der Körper, das ist doch nur ein Mittel, eine Ausdrucksform und ein schlechtes Instrument. Wenn ich mit Gott und Böhm mehr zusammen bin, werde ich das meiste viel genauer kennen."

„So geht alles von den Lebendigen weg zu den Toten. Die stehen eben energisch voran. Weißt du, Euphemia, wie du die Dessous oft behaglich abstreiftest. So fällt alles mögliche von mir ab. Man steht einfach gerade da, den Kopf über den Wolken und ist mehr oder weniger fertig. Es geht von einem weg. Die Leute, Wünsche, Quälereien, und man ist wie eine geleerte Pappschachtel. So weißt du, die Dunkelheit und die Sonne, das sind für mich keine Gegensätze mehr, sind ein totes Gefühl, bald in Schwarz, bald in Weiß. Ich möchte mal schreien, dass die Tiger vor Angst ausbrechen und ihre Augen durch die Nacht funkeln. Es wird mich nichts freuen, gar nichts. Alles, was sonst die Leute steigert, extasiert, ruiniert mich todsicher, macht mich still wie die Wand, die du nicht siehst. Jetzt ziehst du gar noch zum Herrgott? Geradesogut kannst du dich in Permanenz hängen. Der Herrgott, das ist's. Wir geben ihm all unsere Kraft und können ihn dann nicht mehr ertragen. Ich sehe das immerzu, wie alles ihm zufällt, wie er euch von mir abrückt. Dann bleibe ich übrig, ich gestehe ihm keine Rechte zu, und ich kann nicht sterben, weil ihr an einen Weltfremden glaubt."

„Du, Giorgio, weißt du denn, was für eine Frau die Reinheit ist. Du, weißt du, Frauen ekeln sich meistens vor sich selbst, wenn sie was taugen. Ich will einfach aus all dem Dreck heraus."

B. In euere grauen, bleiernen Sauermilchtage.

E. In die Erregungen der Seele.

B. Aber Gott ist ein Wahnsinn.

E. Darum um so fester.

Genauso wie die unmenschliche Mathematik, prächtig und leidenschaftlich. Gott ist die Erregung, die den Körper übertrifft. Gott ist der Tod, den wir über uns hinaussterben. Er ist die aufsprossende Vernichtung unserer selbst. Er ist die übermessliche Größe. Farbe, die wir nicht sehen. Oh, wie soll ich ihn tanzen. Ich müsste Sterne in die Hände raffen. Sonnen mir unter die Sohlen legen. Mein Mund sei ein grenzenlos Orchester. Und das Blech und

90

die Pauke vielfach besetzt. Ich zerdrücke Trauben in den Fingern. Und weiß ihn. Ich liege still und bin weiß wie der Mörtel, der die Wände bedeckt, und kenne Gott. Er ist der glühend Lauernde in der Dunkelheit.

B. Er ist der Wahnsinn. Das Unmögliche. Der tödlich Auflösende. Die unfruchtbare Steppe, in die wir kräftige Häuser zwingen. Die Gefahr für den Willen. Er ist mein Hass.

„Bebuquin, halten wir den Atem an. Sie sind ein ganz liebloser Mensch, der nichts opfert, der alles für sich haben will, und das geht nicht. Lassen Sie einiges und nicht zu wenig dem Herrgott. Oh, ist das nicht Böhm?" Ihr wurde kalt, dann zog ein feuriger Schweiß über den Körper.

„Hören Sie", sagte Giorgio, „das ist Unsinn. Schlimm ist es einfach, jedes als Versuchung, als Reiz zu empfinden. Euphemia, heiraten Sie mich doch, es ist sonst nicht zum Aushalten."

"Ja, und jede Nacht schaut Böhm zu, haben Sie denn keine Pietät?"

„Wenn mich was nur so fest hielte, dass ich mich loswäre, irgendein sympathischer Selbstmord. Meinen Sie, es ist ein Spaß, mit mir immer herumzulaufen, und zum reifen Goethe fehlt's mir an Lust und Talent."

„Glauben Sie, Giorgio, jemand wie Sie bringt kein Weib zwei Zentimeter von der Stelle. Denn sobald Sie etwas tun, ist es gegen Sie. Ich getraue mich nicht – gegen Ihren Willen zu sagen, Sie Dressurprodukt."

Dies redete sie ohne gewärtiges Interesse. So vor vierzehn Tagen hätte sie es noch mit Verve gesagt; denn der Herrgott verlangte sein Recht; und man steigert sich, um zu fallen.

Armer Bebuquin, du höfliches Tierchen.

Religiöses klingt erotisch vor dem Affenkäfig aus. Bebuquin irrte mit wundem Hals zwischen den Physiognomien der Häuser. Eine Kokotte tanzte angeheitert an einer Ecke und stapelte ihr vom Frontkorsett aufgetürmtes Posterieur gegen den Sternenhimmel. Euphemia stieg beruhigt und äußerst heilig in eine Nonnenkutte und verließ den Zirkus. Ernst, die Fingernägel polierend, kopfschüttelnd die Straffheit ihrer Brüste hie und da prüfend, begab sie sich gelassen zum Kloster des kostenlosen Blutwunders.

ZWÖLFTES KAPITEL

Bebuquin trat unbemerkt in seine Wohnung. Er kleidete sich sorgfältig um, als er gebadet hatte. Dann ging er isoliert von den Wirrnissen in sein kathartisches Gemach, eine kleine weißgetünchte Stube, inmitten ein Klubsessel. Er setzte sich bescheiden, sagte: „O Köstlichkeit der Sünde. Aber nicht aus infamen Gründen. Es erhebt und stärkt. Sünde verlangt, dass ich alles, was bis zu ihr geschah, vergesse, von vorn anfange. Die Sünde ist ein Tod, und in ihr verbrennt meine Welt. Bisher sind so viele Bebuquins der Hölle verfallen, und immer reiner und stärker trotz verringerter Kräfte wirft sie mich aus. Vielleicht sündigt man nur, um die Reinheit der Reue zu erlangen, Erneuerung durch Gemeinheit. Jedoch der Schmerz. Wenn ich an die Sünde denke, kann ich nicht leben. Vergesse ich sie, entschwindet mir nötig mein Leben bis zu diesem Wort, und ich habe es dem Satan zu überantworten.

Gott, wann kann ich mein Lebensende dir geben. O Beginn mit altem und gezeichnetem Leib; zu entraten, die Identität zu spüren.

Mir starb in dieser Nacht ein Freund. Meine Gedanken wurden gestrichen. Die Augen und das Ohr sind sündig. Was bleibt mir außer Philosophie? Denn ich scheine, außerhalb von Prinzipien, stets böse zu werden. Braucht meine Gemeinheit so dürre Ruten?" Er schwieg. In ihm stak eine Höhle, und um ihn herum war der Erdboden ausgesägt. Die Leitung war unterbrochen. Seine Augen lagen reglos über dem Jochbein. Er sprach: „O Reichtum meiner Seele! Vielleicht auch hilflose Vielfältigkeit, die ich nicht ertragen kann. Und dann diese Armut. Es peinigt mich. Wann verstehe ich, dass man, um zu leben, um Person zu sein, nur ein Ding kennen darf. O Reize; zu spüren, wie mannigfach Worte und Meinungen sind. Und wie schmerzlich, nur eine Deutung zu erlernen. Diese eine Deutung ist die Form; sie macht die Dinge, die festen Augen, den bestimmten Klang. Wenn ich mich in den Reizen der Mannigfaltigkeit verstecken könnte; und ich weiß nicht, von welchem Zentrum aus ich auferstehen soll.

Herr, der du uns Arbeit gabst, verschone mich mit ihr, damit ich die mögliche Größe ahne, statt ein geringes Maß zu realisieren. Welch törichte Suggestion, dieses Wort. So liege ich mit scharfem Ohr wie ein buntes Tier über deinem Boden, um eine Mitteilung zu erwarten; denn heute habe ich kein Gewand, in dem ich auferstehen könnte.

O Gott, du gabst uns einen Körper, vielleicht identisch; eine Seele, die den Körper an Möglichkeiten übertrifft, die ihn schon lange Zeit und oft ausrangierte; und die glänzenden Platten der Denker, die Sonne verschmäht es, sich in ihnen zu beschauen, – suchen die Balance. Ich aber wünsche, dass mein Geist, der sich etwas anderes als diesen Körper – o Gartenzäune, Stadtmauern und Safes, Pensionate und Jungfernhäute – denken will, auch ein Neues wirkt und schafft. Ich kann absonderliche Wesen machen, Verrücktes zeichnen, auf Papier, in Worten, ich selbst bin verzerrt; aber mein Bauch bleibt ein Fresser. Welch geringe Versuche der Heiligen, nach Sprüchen der Evangelien den Körper zu verwandeln. Herr, gib mir ein Wunder, wir suchen es seit Kapitel eins. Dann will ich normal sein, aber erst dann. O

Gott, wenn du mehr bist, als das der Wahrheit angenäherte Gesetz der Körper, erbarme dich doch meiner Langeweile, starb doch schon Böhm an ihr."
„Bebuquin", sagt der, „das Ganze ist ein Erziehungsheim. Die drüben sind so menschlich einfach. Es gibt zwei Dinge, entweder sie schweigen und machen mit einem imaginären Phallus unendlich, oder sie tun das Gleiche und zeichnen eine Eins. Ich zeichne eins, und meine isolierte Hirnschale rostet. Ich grüße dich, alter Märtyrer. Vernichte die Identität, und du fliegst rapide; aber fraglich, ob du das Tempo aushalten wirst. Eins, Hallelujah, eins, Hallelujah, Amen, eins. O Notwendigkeit, Hallelujah, o Gesetz, o Gleichheit, wo alles in sich selbst schläft, o Stille, o Kontemplation, o Verdauung des Straußen, der den eigenen Kot frisst. Eins, Hallelujah, eins, Hallelujah, leb wohl, eins, Hallel – – –"
„War es Philosophie oder ein Analphabet?"
„O Gleichheit, o Eins. Mancher jedoch zählte bis auf zwei. O Erweiterung des Dualismus. O Gehen zwischen den Ufern, o Hinüber- und Herüberrennen. – Altertum der Gedanken, o Antiquare der Gemeinplätze, o prähistorische Tiefen. Seht, mein Leben ist mir verhasst, es ist gänzlich zerstört. Um moralisch weiterzumachen, bedarf ich neuer Existenzbedingungen, eher als des Brotes; ich kann nicht in der Kette weiterleben, ich will nicht, es wäre moralisch inkonsequent. Man treibe mich nicht in die alten Gleise und sei barmherzig. Es muss eine Änderung eintreten, die stärker ist, als meine Sünde und meine Reue; ich muss eine Erneuerung haben, ich bedarf einer Erdperiode."
Die Nacht färbte langsam empor, die weiße Stube opalisierte wie altes Gestein, lohende Schatten zogen über die Wände, eine kleine weiße Wolke stand vor dem Fenster, ein brennender Sonnenstrahl durchglühte sie. Bebuquins Körper verschwand in den Schatten, nur der Kopf schaute bleich inmitten der Wogen der Dämmerfarben die versinkende Wolke an. Sein Kopf, ein Gestirn, das erkaltete.

DREIZEHNTES KAPITEL

Sterne konkurrieren wiederum vergeblich mit dem bestimmten Licht der Bogenlampen.
„O Kunst", seufzte Bebuquin, „du bist gewaltig, wenn man Perspektiven wegschickt, ersehnte Veränderung der Zustände, wie ist eine Sache zugleich wahr und falsch, es kommt auf den Standpunkt an. Versuchung, du tauchst aus der entvölkerten, schlafenden Nacht und erhebst dich aus der Angst vor

den Gestirnen. Ich vergaß noch nicht, soweit wie es ziemlich wäre; vielleicht reinigt mich ein anderer, wenn ich es nicht kann."

Er begab sich zum Kloster des kostenlosen Blutwunders, nachdenkend, ob eine völlige Unterbrechung des Schicksals möglich sei.

Über ihm, auf den Nadelspitzen der Tannen glitt Böhm. Der sang: „Wälder, ihr sympathische Stickerei, o Schrecken, du Lehrer der Geheimnisse. Waldfeuer, ihr Offenbarungen im Dickicht. Irrgänge, Wegschlingen, gehetzte, angestrengt verirrte Seelen, die ihr sie begeht." – Seine Hirnkapsel leuchtete den Weg voran mit der nonchalanten Sicherheit eines Toten. – Er sang weiter: „Risiko, Wagnisse der Schwachen, die vergeblich sind, weil Pappgewichte gestemmt werden, o philosophische Tricks. Die gute harmlose Seele eines unwissenden Knaben geht durch die Wälder –"

Ein Blitz durchfuhr den Wald, der Baum, worüber Böhm stieg, schüttelte. Bebuquin hatte große Mühe, der Reise Böhms nachzukommen, wiewohl dieser rücksichtsvoll balancierte; oft, wenn Böhm annahm, jetzt müsse es besonders gut gehen, versank Bebuquin im Morast oder stieg keuchend aufwärts, wenn Bölm die Kugel einer Akazie leicht betanzte.

„O Stehpunkte, Vielfältigkeit der Logiker, Kontrapunkt der Sphären", rief Böhm, sorgfältig das stille Licht seiner Lampe schützend, „die ihr die Dinge zwar vermanscht, doch kaum ruinieren könnt. Wie entzückt ihr meine Augen, da ich das fatale Denken mir streng abgewöhnte. Bebuquin, der Wille zur Dummheit verlangt Entsagung, und man bekommt ihn nur durch sorgfältiges Zuendedenken. Wenn man sieht, dass unsere Gedanken in sich zusammenfallen, wie die Flügel eines geschossenen Wildhuhns; Gedanken, nein, sie sind keine Zwecke für sich, sie sind wert als Bewegung; aber können Gedanken bewegen; oh, sie fixieren, sie nageln zu sehr fest, sie konservieren den Revolteur. Bilder sind Taten der Augen, und mit einem Bilde ist nicht alles gesagt; aber ein Gedanke täuscht stets vor, er habe die ganze Kette erschöpft, und lähmt. Die Logik will immer eines und bedenkt nicht, dass es viele Logiken gibt. Es gibt nicht Eines, wohl aber eine Tendenz der Vereinheitlichung; und wie viele Dinge streben auseinander. Die Logik hat nicht eine Grundlage. Von ihren vier Axiomen liebt der eine dies, der andere jenes mehr; ein Axiom befehdet und mischt sich dem anderen; denn eines allein vermag keinen Schritt vorwärts zu gehen; die Logik ist eine ungeheuerliche Ausnahme, und der Pythagoreische Lehrsatz ein Monstrum."

Grüne Drachen mit Schwänzen, die an metallische Sterne dröhnten, fuhren über den Himmel. Staub rieselte gegen ihn von der Wüste auf, worüber Bebuquin sich schleppte. Am Horizont stand das Kloster; um es war die unfruchtbare, die stilisierende, dröhnende, vogelüberflogene Wüste gelagert, die Ebene, wo der Blick in rundem Kreis in sich selbst zurückkehrt, um in dem Sand zu versiegen; die Sonne schlug auf das braune Fell mit den schmetternden Lichtschlägen über die steilen Fanfaren der Felstrümmer hinweg.

VIERZEHNTES KAPITEL

Vor dem Kloster saß ein Mann, in sich selbst schauend. Über ihm schwebte eine Frau, man wollte andeuten, was hier geleistet werde, jedoch nur einen geringen Vorgeschmack kosten lassen. Es war das platonische Ehepaar. Er begann sich zu kugeln, indem er den Kopf mit den Füßen umarmte; sie kreiste, sich um sich selbst drehend, über seinem weißen, kurzgescherten Schädel. Sie litaneierten leise. „Stille der in sich versunkenen, um sich selbst drehenden Geweihten. Wann steht uns alles in sich selbst? Viele Wege münden in der wundersamen Einsicht, die Idee und die Hurerei; wundgelaufene Füße und tote Verachtung; knabenhafte unvorsichtige Beschäftigung mit Grenzbegriffen. O infame Unendlichkeit der Faulen, Müden, Tatlosen, Hurer und Bazis, die du sicher ruinierst, die Form zerstörst und die tätige Kraft. O niederträchtiges Versinken in den Punkt der Punkte, in das A und O, in den Grund, in den Beschluss."
Bebuquin ging vorbei und trat in den ekstatischen Vorhof. Es war immer dasselbe. Die Ekstase erregte und steigerte sich an einem Nichts, einer Grube von schwarzem Marmor, worüber man schwebte, in die man schaute, worüber man brütete, in die man schwieg, an der man entbrannte, worin alles verharrte, in die man rief, über der man tanzte, sich geißelte und so fort. Andere hatten stattdessen einen kristallinischen Stein und empfahlen in längeren Reden seine helle Durchsichtigkeit, sein Feuer, seine perspektivische Kraft, seine Brechungen, seine schöpferische Plastik, die Form, die Gefasstheit, die Reinheit und so fort. Um den Stein arbeiteten viele; bald rollte man ihn der schwarzen Grube näher, stülpte ihn darüber, hielt ihn, senkte ihn in die Grube fast bis zum Grund. Die Verzerrungen, die durch den Schliff entstanden, ließen nicht erkennen, ob der Stein in die Grube passe oder nicht. Darum hatte man eine Hypothesen-Kommission, während gemeine Opponenten mit großen Nasen verlangten, man solle riechen, ob er passe, den Stuhlgang der Riechenden aerostatisch messen und die Kurven, in denen die Exkremente der Riechenden zur Erde fielen, ballistisch berechnen. Ein ziemlich verachteter Teil von Klosternovizen spielte mit Maske und Spiegel, aber davon sollte man nicht reden. Aus einem kleinen Säulengang klang

die leiernde Stimme eines Bonzen. „Ich und Du sind eines, diese Identität hält die Welt zusammen. Die Kontemplation ist eine phantastische Fähigkeit; denn sie geht über die Dinge hinweg in geistige Gemeinschaft. Es ist ein Grundgefühl über den Satz des Widerspruchs. In meiner glühenden Liebe ist B gleich A. Grund und Folge fallen in eins. Jedes kehrt ins andere zurück, um sich selbst zu finden. O gleiche Kraft, o Geschehnislosigkeit, o Ereignisse, höchst eindeutig."

Bebuquin schrie: „Hier wird ein sanktionierter Selbstmord vollzogen, hier wird sakrale Idiotie gezüchtigt, Augen ausgerissen. Mein Herr, ich kam gerade hierher, um einen neuen Menschen zu fabrizieren. Ich lebe nur noch vom Wort anders. Ich kann die Gleichheit nicht gebrauchen."

Der Bonze rief ihm zu: „Werden Sie der Erscheinung nach anders. Übrigens ist es ganz belanglos, was Sie meinen. Sie sind ja nur Urgrund, darum innerst sündlos."

Bebuquin schimpfte: „Mich interessiert der Urgrund gar nicht, ich pfeife darauf."

Böhm trat ihm entgegen in gelber Mönchskutte. „Eine Hoffnung besteht, Bebuquin; die Verwandlung tritt vielleicht mit dem Tode ein. Entweder wir bleiben dort, was wir sind, oder wir werden vernichtet und verwandelt."

B.: „Aber ist es nicht möglich, sich im Leben zu wandeln, das elende Gedächtnis zu verlieren?"

„Bebuquin, du bist an dir erkrankt. Die Sünde ruht nicht nur im Gedächtnis, sondern auch in der Tat, die unter den Menschen und im Himmel umhergeht."

„Aber muss man denn sterben, um anders zu werden?"

„Beichten Sie und opfern Sie sich. Ich glaubte, das Phantastische genüge, ich wurde lackiert, gehen Sie, beichten Sie."

Bebuquin rief beichtend in das Tor der Kapelle. „Ich verzichte darauf, durch eine Reinigung reduziert und entleert zu werden. Ich verpöne es, in Armut von vorn anzufangen. Ich will irgendein anderes Schicksal, ich sah mein Schicksal, es ist nichts als die Wiederholung einer Dummheit. Ich bitte, dass es mir gelinge, von den vielen Dingen, die ich mir vorzustellen vermag, eins zu sein."

Der Beichtiger rief erwidernd aus dem Inneren der Kapelle: „Sie stellen sich vieles vor. Sinnvoll aber sind nur Vorstellungen, mit denen man handeln kann. Sie bedürfen der Grundverwandlung, die ist der Tod."

Bebuquin: „Viele Dinge geschehen, die nicht einzuordnen sind, verworfen oder nicht gesehen werden, verdeckt von der tödlichen Vernunft."

Strophe: „Petrefakte Bäume meines Gartens spiegeln sich im blinden Kristallboden; die Bewegung meiner Hände führt nur in die Ruhe; jedes Brennen, Fliegen, Reißen wird versteint. Zum schlafenden Gebirge fügen sich die Tage an; und je toter, desto fester, unvergänglicher, steiler, unübersteiglicher hemmt mich das Bleibende, die Vergangenheit."

Antiphone: „Der Fähige bildet Vergangenes um, im Wechsel seiner Gegenwart und Zukunft; und diese wandelt sich, gewinnt auch an Beziehung, und furchtlos, ja schädlich wird es im zehnten Jahr das Glück und einzige Lösung."

Strophe: „Was in Erinnerung steht, ist verlorene Kraft und Hemmung, Bindung zu gleichen Sünden. Was geschehen ist, wirkt wie die Schablone, wir stehen in dem Fluss, immer brodelt das gleiche Wasser."

Man sprach in einer leichten Unterhaltung weiter. Bebuquin meinte: „Sehen Sie, die Logik fixiert, soweit unsere Fähigkeiten auf sogenannte Tatsachen angewendet werden. Sie bedenkt nur unsere praktischen Bedürfnisse, richtet sich nach den Dingen und sucht diese in übereinstimmenden, sich wiederholenden Beziehungen zu erhalten. Aber in mir ist so viel und gerade das Wertvollste, was über die Tatsache hinausgeht. Die materielle Welt und unsere Vorstellungen decken sich nie. Darum ist die Tat notwendig, dies Korrektiv von Tatsachen und Dingen. Wenn man jedoch wie ich zu der Überzeugung gelangte, dass wir weitermüssen, dass wir uns verwandeln müssen; ist es dann nicht möglich, dass eine neue Art Mensch entsteht, die es verschmäht, in den gleichen Straßen weiterzugehen."

Trompeten und Pauken schollen von der Decke der Kapelle. Bebuquin trat in sie ein. Er sprach weiter: „Bisher wurde das Religiöse an den Tatsachen zur Groteske oder umgekehrt; aber vielleicht decken sich die Dinge nie, damit das Schöpferische nicht einschlafe. Gott, das Phantastische, die ganze unterdrückte, sprachlose Sensibilität wollen reden, wir sträuben uns gegen diese immer gleiche Auslese, die Welt muss sich uns verwandeln."

FÜNFZEHNTES KAPITEL

Bebuquin soll in der folgenden Nacht lange und im Zusammenhange gesprochen haben. Er sagte in der Leere des Zimmers: „Ich beginne die Rede vom Tod im Leben, von der großen Ruhe, von der reinen Armut und der leeren Lauterkeit. Eins geht durchs Leben und ist sehr lebendig, das bist du, allzuhäufiges Wort Nein. Aber eins steht und wird sehr geachtet, o Ruhe. Ich weiß, du bist verführerisch wie die Tiefe des Wassers für junge Mädchen, die am Morgen unter Vermischtem gedruckt sind. Du bist die Mutter der Vollendung und der Vater der Metaphysik; denn nur in der Ruhe ist Festigkeit und dauerndes Ende, ist stete Isolierung, und es wird nichts vermischt. Ich aber stehe und fluche dir, du Müdigkeit, die mir Gedanken und Augen betäubtest, meine schnellen Füße versanden ließest; du müdes Hirn und träges Blut, die ihr nicht mal den Tod erwartet, ihr Gleichgültigen. Der aber ist ins Leben verwickelt, und jeder Tag Mühe und Wachstum ist ein Tag Tod. Und wer mag von beiden recht behalten? Ich glaube, sie beide sind gleich und eines, und das Leben hebt sich selbst auf. Du totes Leben! Der Platoniker, der denkt, diskutiert, und sein mühsam Ziel eine Sicherheit und Ruhe. Ziele erregen die Kraft und beenden sie. Wer weiß, ob die gefundene Idee mehr fördert als bewegt. Sie stärkt vielleicht dich, primitive Sicherheit, dich, Geist, ich verbeuge mich nicht; doch er lehrt den Toren, um dich hundert Dinge verachten. Und ich sah nur, dass ein Mensch ein Kräftewirbel ist, von dem einiges ausfließt; und anderes geht in ihn ein, bis du, Ruhe, kommst. O Reinheit, was sagst du anderes, als, du erträgst nur Geringes. Und die Lehre von der Armut meint dasselbe. Ihr seid sehr hohe Erkenntnisse gewesen. Tod und Endlichkeit, du bist der Erzeuger unserer Arbeit, du treibst uns zur Mühe, und vielleicht bist du der Vater des Lebens, und dies keimt gering nur vor dir auf. Du lässt die Gestirne leuchten und zeigst unsere geringe Kraft; denn Mond und Sonne scheinen einander zu in notwendiger Umarmung. Wir jedoch können nur nach einem Gestirn handeln, und dem Auge sind sie sich ausschließende Gegensätze. Tod, du bist der Vater der Zeugung, und du gabst uns Menschen alles Endliche, bestätigt unsere Sinne, welche Formen sehen, hören, schmecken und bejahst die Ahnung des vielleicht dilettantischen Geistes, damit wir sehen dürfen und eines schauen – damit wir denkend nichts sehen. Ich bin ein Vollstrecker für dich, Tod. Ich will es sagen, dass nur Gestorbene sterben; wenn einer jung und kräftig stirbt, vielleicht stirbt er für einen anderen. Du gabst uns Begierden und Ziele, und wir wehren uns gegen dich durch Zeitloses, durch seiende Ideen, durch den Anspruch auf Totalität. Aber vielleicht sind das deine geringsten Formen. Tod, du Vater des Humors, wenn dich ein Wunder, das ich mit meinen Augen sehe, vernichtete; dein Feind ist das Phantastische, das außer den Regeln steht; aber die Kunst zwingt es zum Stehen, und erschöpft gewinnt es Form. Ich nenne dich, Tod, den Vater der Intensität, den Herrn der Form. So steht es für dieses Leben."

Die Nacht trat in die Stube.

Ein alter Mann kam in die Stube; er sprach: „Verzeihen Sie, ich wohne seit langem unter Ihnen, es fällt mir sehr schwer zu sprechen, bin es seit langem nicht mehr gewohnt. Ich komme, um zu sagen: ich bin seit langem tot durch

98

meinen Willen; ich lebte nur scheinbar, seien Sie bitte dabei, um zu konstatieren, dass ich den Tod hintergangen habe. Ich sterbe als der größte Humorist." Der alte Herr sank zusammen, er war ruhig und starr. Dann schrie er laut auf und sagte: „Der war doch schlimmer, ich betrog nur das Leben und mich."

Bebuquin trug den Leichnam in die Wohnung des Alten. Er schaute ihn ein längeres an, dann ging er in seine Wohnung. Er schaute durch das Fenster zur breiten Baumallee hinunter, einige Menschen kamen mühselig wandernd und riefen: „Das Gesetz ist die große tötende Ausnahme, wir gehen in den Dingen, die Wunder zu suchen."

Bebuquin wandte sich vom Fenster ab, der Mond schien ihm sein erstauntes Loch in den Rücken, er setzte sich hin, schaute auf seine Hände, die noch nie gearbeitet hatten, und sprach lange: „Gleichgültigkeit, woraus bist du wohl gewebt, war die allzu große Empfindlichkeit dein Ursprung, oder die Kraft, die der opulenten Natur gleichkommt? Ich sah schon viele aus Gleichgültigkeit die absonderlichsten Kapricen begehen, und schon mancher war es aus Furcht vor der eigenen Wut. O Erstarrnis, stagnierender Tod; Versteinerung und Schlaf, ihr fristet uns das Leben, das sich wütend aufbrauchte ohne eure Hemmung. O Krankheit, komme, nur du kannst mir Grenzen geben, Gott, lass mich einen ungeheuren Schmerz empfinden, damit der Geist paralysiert werde; oder vielleicht, o Hoffnung, schafft die Krankheit einen neuen Körper, fähig zu den sonderlichen Dingen, deren ich bedarf. Herr, ich weiß, am Ende eines Dinges steht nicht sein Superlativ, sondern sein Gegensatz, und die Erkenntnisse gehen zum Wahnsinn. Ich bin geschaffen zu erkennen und zu schauen, aber Deine Welt ist hierzu nicht gemacht; sie entzieht sich uns; wir sind weltverlassen. Suchen wir Dich, o Gott, dann sterben wir in der lautlosen Erstarrung, und es ist keine Erkenntnis, sondern Du bist das Ende. Herr, lass mich einmal sagen, ich schuf aus mir. Sieh mich an, ich bin ein Ende, lass mich eine unabhängige Tat, ein Wunder tun. O Nacht der Verwandlung, wann kommst du, wo ich diesen Körper vergesse, ja, ihn abstreife, und die Dinge anderes bedeuten und anderes sind, denn je sonst; die Glieder werden selbständig, die Teile beginnen zu reden. Die Auflösung, sie ist die Verwandlung und sei mir ein Anfang."

SECHZEHNTES KAPITEL

Bebuquin trat steif in die neblige Nacht. Die Reflexe der Bogenlampen stürmten durch die Baumäste und schwammen wie breite opalisierende

Fische in dem nassen Boden. Bebuquin stand ein Ausrufezeichen. Er lief, rannte durch eine Prozession irgendwelcher neuen Sektierer; verschiedene Messiasse, dekorative junge Mädchen rannte er um; es galt, in den Zirkus zu gelangen. Er musste aus sich Äußerungen solcher künstlichen unlogischen Bewegungen abzwingen, um zunächst die Physik mit der Kraft seines absterbenden Akts zu widerlegen.

Er ging in eine Loge des Zirkus. Etwas Sonderliches geschah. Während eines Radlertricks fuhr eine spiegelnde Säule in die Arena, blitzend; eine Flötenbläserin ging nebenher in einer Nonnenkutte. Die Bürger sahen sich darin, bald strahlend übergroß, bald verzerrt; diese Spiegel zwangen, immer wieder hineinzuschauen. Mäuler schluckten die Arena, und die Finsternis aufgerissener Gurgeln verdunkelte sie. Die Blicke versuchten, die hohe Spiegelsäule zu durchbrechen. Ein Weib stürzte aufgewölbten Rocks hinunter unter dem Druck des neugierigen Staunens. Eine Galerie brach durch; inmitten die Spitzen der unermüdlichen Finger der Bläserin und die Spiegel, die mit dem Schatten der andern sprechend tanzten. Die Säule trat in die Schatten geschwungenen Sprunges. Die Menschen verwandelten sich in sonderliche Zeichen in den Spiegeln; das Publikum wurde leise irrsinnig und richtete in drehendem Schwindel seine Bewegungen nach denen der Spiegel; um die Spiegel sausten farbige Reflektoren. Eine innerste Dunkelheit, ein Lichtblitz, der in die Mauer zurückfuhr, eine Anzahl sprang von den Galerien. Ein junger Mann fuhr zur Decke ins Freie hinaus. „Bagage" rufend. Das Publikum raste weiter, die Verzerrung für wahr haltend. Bis in die öde Frühe. Die Paralyse zog in die Stadt ein. Mehrere Eisenbahnwaggons hielten mittags vor dem Zirkus. Im friedlichen Sonnenschein sortierte man die Toten aus. Dann verlud man die Irren.

In der Stadt war ein halb Jahr Fasching. Bürger leisteten Bedeutendes an Absurdität. En grotesker Krampf überkam die meisten. Ein bescheidener Spaß war, sich gegenseitig die Hirnschale einzuschlagen. Die Raserei wurde dermaßen schmerzlich, dass man zu töten begann.

Man begann mit einem Alten, der, als Pierrot angezogen, an einem Wegweiser bei den Füßen aufgehängt wurde. Ein Mädchen, das noch einen Rest Vernunft besaß, schrie „hier stirbt der Allmensch", und bat, sie gleichfalls zu hängen; denn sie sei Mörder und Gehängter schon ohnehin, dank ihrer ethischen Sensibilität. Sie wurde unter nicht unbedeutenden Greueln beinlings gehängt. Jedoch verübelte man ihr, dass sie keine gute Unterwäsche trug. Verschiedene Messiasse traten mit Erfolg auf, Messiasse der Reinheit, der Wollust, des Pflanzenessens, des Tanzes, hypnotisierende Messiasse und einige andere. Hatte man genug Anhänger, so wurde die Sache langweilig. Überlebte Messiasse verwandte man als Redakteure, zumal ihnen Sensation geläufig war. Die neue Weltanschauung kristallisierte sich zur Ziege, die ein Bein gebrochen hat.

Vor dem Fenster Bebuquins tauchten einige Irre auf. Er neigte sich heraus, die Glatze von der Mittagssonne beleuchtet. Die Fratzen sprangen am Fenster hoch wie Gummibälle, einer schrie „Gib uns wieder zurück, lass uns heraus, nimm die Spiegel weg", denn der gleißende Schrecken der Spiegel hing über der Stadt.

SIEBZEHNTES KAPITEL

Euphemia besuchte Bebuquin. Sie klopfte an der Tür. Beinern knackte der Gruß. Er rief von innen, „er ist nicht da, kam sich abhanden." Sie trat ein.

„Euphemia, die einen ziehen sich zusammen, verkrumpeln; ich platze ein rasend Sich-Verlieren. Wie war ich dicht und scharf, schneidend wie ein Florett mit vielen Kurven. Man wird einfach und stumpf. O zuckender Blitz, o stehende, gerinnende Funzel. Ich hätte auf mir stehen müssen, auf der eigenen Stecknadel, mich stumm in mich bohrend, bis die strahlende Spitze aus dem Hirn heraussprießt, blitzend, und der Schädel futsch ist. Man muss den Mut zu seinem privaten Irrsinn haben, seinen Tod zu besitzen und zu vollstrecken. Menschen, die zum Irrsinn geschaffen sind, die sich mit normalen Weibern bekämpfen, den gebärenden Gemeinplätzen."

Euphemia sagte, auf dicken Beinen stehend, lieblich breit grinsend, mütterlich banalisierend, abtötend: „Du kennst keine Güte."

Er: „Du ruinierst mich, wer lässt mich, wie ich sein muss?"

Sie: „Du hast so zu sein, dass du die Verantwortung für Kinder übernehmen kannst."

„Aber mit mir wird Schluss gemacht." Blödsinnig lange, dumme, gähnende Schatten schlossen ihn ein.

„Der Tod", schrie sie.

„Verzeihung, zweimal zwei ist vielleicht immer vier, dann geht es weiter; vielleicht auch nicht, dann ist es Schluss."

Sie: „Die Zahl ist keine Tatsache, sie ist nur eine Ordnung und steht außer der Seele."

Die Lichter eines Autos sausten durch die Stube.

„Reiß mich weg", schrie er; Wände waren da, und Glasfenster schneiden.

„Man wehrt sich gegen sich selbst, hat nicht den Mut zu sich. Wer von den beiden ist Er? Einer davon ist mir verhasst, widerlich; der andere furchtbar, kopfüber in die Wirrnis."

Böhm breitete sich an der Decke aus. Ein breiter Schatten mit Lichtklecksen, seine Augen stechende Kerzen, er schwoll beim Sprechen an, ein schallgeblähtes Segel. „Kopuliert euch, diskutiert nichts Besseres vor dem Selbstverständlichen oder nehmt Rasiermesser."

„Böhm, ich steile in dich. Böhm, was ist das alles?"

Der rollte sich durch den oberen Ritz des Fensters hinaus, stieg sorgfältig in den Reflexstrahl einer Laterne, rief im Lichtkern: „Oho!"

Bebuquin sagte: „Ich hätte mich und die Welt ohne Laster nicht ertragen, nicht ohne den Willen gegen mich, nicht ohne partiellen Selbstmord. Der ist nötig wie das sogenannte Positive. Alles wäre mir sonst Geist, Willkür und grenzenlos, und das läuft zum Ende auf die große Oper hinaus."

Euphemia: „Bebuquin, bei dir bin ich noch nie auf die Kosten gekommen. Lagen wir zusammen, kommt dir die Philosophie, und das ist sehr komisch. Man kann sich bei dir gar nicht ernst nehmen, ein Kontrast frisst den anderen auf."

Heinrich Lippenknabe trat ein. „Ah, Kontrast, so heftig wie möglich. Aber man ordne ihn dem Gesetz unter. Das Gesetz ist Freiheit, und sie verwandelt den Kontrast zur Harmonie."

Eine dicke Dame schwebt ein, geht mit dem Busen. „Und man muss die Harmonie genießen, alles zur Freude auflösen, zu einer behaglichen Seligkeit. Wenn man so vollendet ist wie ich ..." Bebuquin wirft die Dame zum Fenster hinaus. Lippenknabe springt ihr nach, kommt früher zu Boden, beide fallen in einen Waschbottich; er verkauft ihr vor dem Heraussteigen ein Bild, sie feilschen vor Wasser triefend, fontänengleich unter dem antiken Himmel.

Bebuquin sprach leise zu Euphemia: „Alles kommt auf den Tod an. Ist's hier zu Ende, dann können wir nicht vollendet werden. Kommt es denn auf mehr als den einzelnen Menschen an; und geht es weiter, dann ist auch dies Leben nur hinderlich. Auf dieser Erde einen Zweck haben, ist lächerlich. Zwecke sind immer jenseits, darüber hinaus; also wir brauchen ein Jenseits, glauben es aber nicht, und schließlich, Jenseits ist kraftraubend. Zwei Methoden gibt's, entweder man glaubt und ist bei Gott, ist Mystiker und verblödet an einer nagelnden Idee fixe, oder man platzt und wird gesprengt. Immer ist der Wahnsinn das einzig vermutbare Resultat."

Er: „Warum?"

„Diese Wünsche, die in mir sausen wie Tramways, die mich mir entreißen, ich bin vom Getöse der Nichtigkeiten umlärmt."

Unten schlürften betropfte Enthusiasten weiter; der Maler predigte der dicken Dame von Abstinenz, der heroischen Einsamkeit und der Tragik der Schaffenden; damit sie ihn harmonisiere.

Oh, ihr gefetteten Stimmen der Nacht, wandelnd durch nebelatmende Alleen, Ursache lyrischer Bande, Gelegenheit dekorativen Schreitens mit dem Blick in jene Fernen gesenkt, torkelnd über Plätze; man scherze über das verklungene Spiel der Kinder.

ACHTZEHNTES KAPITEL

„Wir haben Böhm zu begraben", rief Bebuquin, „der Kerl wird lästig." Um die Leiche des Teuren, eine öffentliche Angelegenheit, kümmerte man sich nicht; wollte ihn nur erledigen. Bebuquin stieg aus der Bar, von der Möglichkeit eines Begräbnisses überzeugt.

Die Leiche irgendeines Selbstmörders wurde vorbeigetrottet, dahinter ein trauernder, leerer Repräsentationswagen. Bebuquin stieg ein. Man kam zum Stadtende, wo die letzten Häuser erfolglos die Ebene zu akzentuieren suchten, hielt am Kirchhof.

Bebuquin schlich sich ungesehen hinein. Er fand eine unbenutzte Stelle, zögerte jedoch noch, das Grab aufzuwerfen; dann ging er daran mit heftiger Wut. Wie er einigermaßen ein Loch zustande gebracht hatte, war die übrige Amtshandlung zu Ende. Er grub weiter, stellte sich als Monument hinter die Grube, des Öfteren den Grabspruch sagend: „Weinet inniglich und seid gebückt!"

Die Sonne ging auf und funkelte auf ihn, der als Gekreuzigter dastand.

Allmählich ging diese Stellung in ein geregeltes Freiturnen über.

„Stofflosigkeit, Stofflosigkeit", knirschte er vor Wut und begab sich zum Grab einer gewissen Josefine Peters, geborene Dewitz, um heiße Tränen zu vergießen. Und faltete die Hände über die Brust.

NEUNZEHNTES KAPITEL

Bericht der letzten drei Nächte.

Erste Nacht. – Bebuquin lag ruhig in den weißen Kissen, lang ausgestreckt, lange ein Loch in die Decke stierend, welche sich nicht hob. Kurze Zeit meinte er im Schlamm zu schwimmen; dann fieberte er, sich den Kopf mit den Fingern umfassend; ziemlich ängstlich versteckte er sich vor dem offenen Fenster. Er war nicht fähig zu sprechen. Nach einer Stunde redete er sehr beherrscht.

Zweite Nacht. – Bebuquin vermied es einzuschlafen, wohl die Träume fürchtend. Es sei Gefahr, meinte er, dass er zu sehr ins Träumen gerate. Er spricht sehr erregt und spürt um sich dunkle Vögel flattern. Dann erstarren die Kiefer.

Dritte Nacht. – Bebuquin schlief ruhig ein, fuhr im Schlaf einigemal mit den Händen empor; sein Gesicht lag allmählich wie im Krampf, die Haut faltete sich und umrunzelte den ganzen Schädel. Ruckweise öffneten sich auf Sekunden seine Lider, er zog Finger und Zehen sich spreizend in die Länge, dann ging er eng zusammen und zitterte heftig. Gegen Morgen wachte er auf, war unfähig zu reden und konnte nicht mehr allein essen. Nur einmal schaute er kühl drein und sagte:

Aus.

Ludwig Rubiner

Gedichte, Kritiken, Manifeste

Die Stadt

Er kam vom Hügel. Ein ferner Stern zog weiß
Die Straße zur Tiefe. Die Füße sprangen schnell,
Die Augen stachen durchs gelbgeballte Haar.
Die Nacht sprang aus der Erde, blau und leis.
Der weiße Stern stand weit, die Nacht lag hell.
Die Nacht zerriss den Stern zum weißen Paar,
Die Straße wich zurück in blauem Lauf,
Die Sterne zuckten hastig höher auf.
Ein Wind zog herüber, irr von Geschrei und heiß.

Er lief schon schwankend. Glückselig sah er sacht
Die Straße rollen rötlich zum silbernen Schein
Der riesigen Türme. Deren Lampen schwangen
Spielend mit den Ufern der blitzenden Nacht
An der Straße über verblassendem Stein.
Die Füße hoben sich zum Flug und sprangen.
Die Nacht wurde klein, die Straße raschelte still.
Da schossen die Lampen zur Höhe und rissen schrill
Die Türme in den dunklen, ungeheuren Schacht.

Dunkel von Röcken und Hüten schwankt eine Wand;
Nur ihm hing nackt das gelbe Haar ums Gesicht.
Das Schattengewühl der Menge zog zur Stadt.
Da rissen die Türme die Straße breit ins Licht,
Die Lampenaugen, ewig wach, zuckten matt
Über den Glanz der Hüte ins steinerne Land.
Geschrei der Menge lief um die steilen Flanken
Der dunklen Terrasse. Sie saßen lässig und tranken.
Da sah er zwischen den Türmen das Seil gespannt.

Ein nackter Schatten wiegte es. Er blieb stehn,
Die Menschen wichen schweigend zu den Seiten.
Er stand unterm Seil. Sie rückten die Hüte nicht.
Er sah die nackte Frau übers Seil hingleiten.
Er stand ohne Atem. Er sah hoch oben das Licht
Laufen über die hellen Schenkel und Zehn.
Zur Stadt hinter den Türmen drängte die Menge vorbei.

Ein Wind flog über die Mauer, heiß von Geschrei.
Niemand im schwarzen Gewühl hatte aufwärts gesehn.

Die Augen der Lampen zuckten über die Frau.
Das Seil schwankte kreisend, als sie schnell sprang.
Sie war ernst, hoch oben. Ein Turmlicht zischte weiß,
Sie lächelte im Sprung zur Seite, wo es sang.
Das Turmlicht drückte ihr Haar im Schattenkreis
Hell auf die Nacht. Das Licht reckte sich lau
Zum blonden Stern des Bauchs. Ein Schattengürtel band
Sich schmal um sie. Flog hinauf. Verschwand.
Sie bückte sich und hob die Arme ins Blau.

Sie sprang ernst. Sie sah ihn und lächelte leer.
Die Menschen liefen zur Stadt durch die Mäuler der Steine.
Er stand im Gewühl ohne Atem. Das Turmlicht pfiff.
Über den steilen Glanz ihrer tanzenden Beine
Rannen siedende Blasen des Lichts hin und her –
Als sie plötzlich ins blaue Luftlicht griff.
Sie schwankt schon grinsend. Zur Nacht hinauf krallen
Zwei Falten. Aber niemand bleibt stehn. Sie muss fallen!
Der helle Stern ihres Bauchs zittert so sehr.

Die Häuser taumeln. Blass steigt ein weiter Kreis
Von bleichen Mauern auf im grünlichen Schein. –
Die Lampenaugen, ewig wach, zuckten matt
Über blaue Terrassen. Die Straßen raschelten leis.
Im Schattengewühl der Menge stand er klein.
Er lief klein und wild. Die Nacht sprang aus der Stadt.
Er lief über den Hügel. Die Nacht lag hell.
Fern stand ein weißer Stern. Die Füße sprangen schnell.
Ein Wind zog herüber, bunt von Geschrei und heiß.

(Erstdruck in: Pan 1, 1910 / 1911)

Geburt

Vor unsrer Geburt, in der grünen Südsee platzte die Erde und das Wasser,
Tausend Menschen saßen wie Schnecken auf großen Blättern in Hütten und
versanken keuchend.
Vor Marseille fielen die roten Schiffe um, das Meer schlug vom Mond her-
ab.
Die Dampfer schnurrten in den Abgrund, lächerliche Insekten.
Als wir geboren wurden, zog Feuer durch die Luft.
Die Schwärme des Feuers flogen um die Erde.
Wehe, wer nicht sehen wollte!
Tausend Menschen, stillhockende Schnecken, waren zu Staub zerplatzt.
Die Tage erblichen für die glühenden Abende.
Die Nächte schwangen rote Palmblattflammen über Berlin,
Die Abende waren gelbe Tiere über der Friedrichstraße.
Berlin, aus spitzen Plätzen, grauen Nebenstraßen, quoll das Blau der
Vulkane.
Die Frauen waren alle allein, die Männer reckten sich auf,
Die Schenkel liefen durch Berlin, heiße Haarberge bogen hoch.
Die Sonne ging immer unter. Die Abendstrahlen, heiß, quollen aus den
Männern.
Die Häuser waren kalkig und bleich. Durch dunkle Zimmer wankte die
Stadt, die Blinde.

Wir wurden geboren, Strahlenlicht kreiste abends über unseren Mündern,
Grüne Südsafthügel hingen vom Mond über uns;
Wir rissen unsere Augen von unserem Blut auf.
Der Himmel flog über alle Straßen der Stadt.
In der Vorstraße aus Zaun und Stein wartete die grauhaarige Mauerdirne auf
die Soldaten.
Wir wussten, dass es andere Länder gibt.
In möblierten Zimmern sannen russische Stirnen über Bombenattentaten.
In den Varietés wurden die fünf englischen Puppenmädchen geliebt.
Die Menschen sitzen in schwarzen Röcken, essen und werden alt.
Am grünen Kanalufer schleppt man Leichen auf den Asphalt.
Die hohlen Häuserwände waren lose und grau.
Kamerad, Sie liefen die Straße auf und nieder, Sie waren blass vor dem
heiligen Panoptikumsbau.

Aus dem müßigen Durchhaus der ganz Erwachsenen schoben frisch geschminkt weiße Weiber mit dicken Bäuchen.
Reisende in alten Bärten bebten betäubt vor Büchern und verklebten Fotografien.
Drüben: starre Inseln in Sonne, Bäume auf gelbem Kies, Bänke, selige Hotels.
Unter den Linden gingen die verschleierten Ausländerinnen mit den frierenden kleinen Hunden.
Kamerad, Sie liefen bleich tauchend bis zum Durchhaus, weihevoll.
Die Friedrichstraße fiel zu Boden. Abendherzen im Strahl schwebten auf Nebengassen.

Die Luft stand mit Sternen in Ihnen, der Tag war noch hell.
Die Menschen waren dick und rauchten Zigarren.
Niemand sah sie an.
Die Stadt schwebte, es war still im Abendbrand, die Häuser zerfielen unten.
Die Menschen gingen schwer.
Kamerad, Sie waren allein. Niemand hatte das Licht gesehen.
Um die Erde sprühte der südliche Schweiß des Vulkans.
Niemand sah. Berlin schmatzte rollend.

Es war nicht mehr Licht durch buntes Abendglas,
Nicht mehr Fackelwogen hinter Spielpapier:
Flammenschirme vom Himmel bogen um unseren Kopf.
Die Luft schmolz im langen Lichtwind übers Feld,
Drunten lag der harte Sand rötlich wie getretener Mob.
Wir heulten ins Grüne übers Tempelhofer Feld.
Vor schwarzen Fensterschwärmen der schweißigen Hinterhauswände
Stießen wir unsere Flugdrachen hoch in die Windfarben und sogen den Glanz.
Berlin, Ihr dachtet an Geld.
O Kleinstädte der Welt, über Euch tropften die Farben alle Abend, ehe Silber und Blau kam.
Kamerad, Ihr Jungenhaar zackte schwarze drohende Felsen über den gepfeilten Brauen.
Sie hassten den blassen Schimmel der schlaffen Hausdächer.
Wir kannten uns nicht.

Ich rannte gefräßig umher, blond unter Papierlaternen zum Lärmplatz.
Gläserne Lichterkränze. Greise Zauberclowns schrien in goldene Papp-Trompeten.

Ich nahm meine dunkle Schwester, zarte Knöchel, in die feuchte Ring-
kämpferbude.

Damals liebte ich sie so.
O wären wir ausgerückt!
Wir saßen in verdorrten Halbgärten. Soldaten tranken aus Bierseideln.
Wir sahen durch grüne Stuhllehnen auf hölzerne Karussells.
Vor alten Frauen in Würfelzelten zerfransten sich gegossene Glasvasen.
Wir griffen unsere Hand zum letzten Mal. Wir warteten.
O vielleicht stand das feurige Licht gleich an unserer Haut: uns allen!

O wir wussten alles. Die grüne Farbe glänzte am Wirtshausstaket
(Einmal gab es wohl Zeiten, da grünten die Frühlinge so fett).
Es war alles für uns und für die anderen gemacht,
Aber früher waren die Tage dumpf und grau, und dies galt als Pracht.
Wir sahen uns an, hinter ihren Augen braun und im vierzehnten Jahr
Schwamm Hingabe, wie Blutstropfen rollte ihr Lächeln zum Hals, weil das
neue Licht um uns war.

Die Buden kreischten, eine Tombola knarrt, rote Dienstmädchen träumen
selig und taub,
Wir wussten, so war früher ein Fest, bald stehn hier Häuser in steinernem
Staub.
Warum sieht niemand das Licht? Um uns ist das Licht. Die Erde stößt
leuchtende Brunnen empor,
Glutlöcher im Himmel, brennende Riesenschornsteine von Glas, Lichtsturz-
stufen herab wie eines Wasserfalls strahlendes Rohr.
Wie Pilze klein verwittern grünliche Buden um Limonadenlicht und lärm-
farbenes Früchte-Eis.

Wir beide waren sprießende Wälder, wimmelnde Erdteile in Himmel und
Licht, um unsere Glieder floss das helle Meer. Wir waren uns fremd. Wir
wirbelten tief durch blaue Lichtkugeln im Kreis.
O neue Zeit! Zukunft! Preiselbeerrote Feierlichkeit! O Preis!

(Erstdruck in: Das Himmlische Licht, Leipzig 1916)

Das Licht

Vom gelben Himmel rollte ein funkelnder Treibriemen durch Yokohama: heut Abend sind die bunten Leuchtstraßen matt.

Schmale Sterne der hellen Nacht gehen hinter Fabriken auf.
Europa tanzt wie ein brauner Hund vorm Mond. Gelbe Menschen kommen in schwarzen Röcken wie aus einem Jungfrauenbad.
Paris, wilder Lanzenschein, wenn das Gitter des Luxembourg aus dem Garten der Erde aufsprüht:

Einsiedler kochen Gold auf dem heiligen Berg, die Menschen schaukeln in großen Betten, von Afrika wehen weiße Tücher durch Palmenufer her.
O helle Himmelssäge hinein nach London, wie ein Bergwerk liegt die Stadt unterm fallenden Licht, Diamanten über den Gitterluken der Bank von England, o roter Tower in Whitechapels Schweiß, sechstausend Mann morgens fünf in den Docks, drüben die Felsen des Kaplands, Nigger brechen in die Knie.
Es floss aufkochend flammengrün durch Petersburg, Kiew, Nischny, Odessa,
Mondgoldene Kathedralen im Schlamm, unter Euch Moskau bebt wie ein roter Menschenwald von vielen Glocken, o runde Dächerblüten,
Mauern weich wie Bärte hinauf für die Menschen,
Hoch von Spitzen und Kugeln grünes Fliehen über kupfernen Tag.
Boston, Chicago, über nackte Arme und Zylinderhüte hin zischt das Licht wie Riesenfunken von elektrischen Schnellbahnen,
Über San Franciscos Hotelgebirge leicht und hoch hinüber, durch Kulistädte, Ghettos, Spiegelschein im Fahrstuhlschachte, o Nimbus, Seligkeit, Frühling.

Halt!

Still und grell durch die donnernden Eisenschatten der Brücke New York.

Wir liefen unbekannt durch die weit klappernde Friedrichstraße.
Berlin, hinter schmalen grauen Asphaltgassen flog das rote brennende Fenster himmelsoben zu uns her, o unsere Herzen!
Nachmittags halb fünf, ein Wind ging kurz herüber, häuserleuchtend. Die Zeit war neu.

Fliegende Zeichen zu uns von runden Himmelsbögen.

Milde Zeichen, Himmelslichter neue Häuser zu bauen Sonnentürme, Sterndächer, Berlin noch feucht, Gottesstadt, schwebend, gläsern hinauf.

Milde Himmelshand, ruhigste Palmglut, herunter zu uns über Schornstein-fassaden.
O Südseeblut, getrieben zu unserm Blut.
Aber wartet Ihr noch? Wir sehen uns um, Kamerad, (Wir kennen uns nicht!) bleich, stehenden Herzschlags, niemand merkt was.
Worauf wartet Ihr noch? Was habt Ihr zu denken?
Halt, Ihr wollt bummeln, schachern, Frauen bepaaren, Ihr werdet essen, lesen, Nachrichten hören, Ihr zählt Eure Stunden:
Aber die neue Zeit ist da. Ihr saht nicht das Licht durch das feurige Fenster der Erde!

Die Menschen schwitzen blind. Die Dächer rollten auf in Angst und sanken zurück.
Die Fenster troffen dunkel trüb,
Die Häuser blähten löckerig Teigwände.
Menschen, Ihr lagt in den Städten wie gärende Wasserpflanzen,
Der Wind schoss über die Menschen, sie trieben scheppernd nach Geld,
Der Fächer des Himmels, in sieben Gluten, schlug auf, sie rückten die schwarzen Hüte, mit zugewachsnem Aug, angesoffen und dick.

(Erstdruck in: Das Himmlische Licht, Leipzig 1916)

Die feindliche Erde

Der Eiter der Erde lag in den Häusern. Unter hellen Lichtern saßen schmat-zende Jobber.

In Nebenzimmern ragten gelangweilt lange schwarze Strümpfe, trägzucken-de Schenkel über schwere geile Rücken.

Hintern tanzten vor polierten Klavieren, dunkle Langhaare geigten.

Kluge hielten in seidnen Salons Vorträge, dass alles auf Erden immer gleichbleibe.
Weiche Bartlose sprachen unter sich von dem Ekel am Weibe.
In steinernen Museen schritten sanft die ausgeschlafenen Kenner.
In heißen Redaktionen schrieb man die Lebensläufe berühmter Männer.

Die Zimmer der Stadt wölbten sich wie ein ungeheurer fetter Bauch, die
Dachkuppeln lagen krumm strähnig über der breiten flachen Stirne.
Hinter den Fenstern saßen schnaufend träge Menschen steil wie dicke Rie-
senfinger.

Die Häuser glotzten wie die Fresszähne an einem ungeheuren, gähnenden
Jahrmarkts-Ringer.
Die Erde faulte länglich auf zur wimmelnden himmlischen Birne.
Der Himmel rollte herum dunkel funkelnd im schwarzen hohlen Oval.
Das Licht war eingesogen in stampfende Kessel und Telegrafenstrahl.
Der Lampenschein strich klein durch die Straßen wie Wurmaugen nachts im
Korn.
Das Licht war fort von der kleinen Erde, niemand saß in der Sonne oder
blickte zum mondlichen Horn.

Die Trägheit schlug an die Ufer, faulende Riesenalgen wanden sich erden-
rund um die Schimmelgrüne.
Drunten im Trüben schrieben wimmelnde Menschen noch eilige servile Te-
legramme, Briefe, Denunziationen voll Ranküne.
Tänzerinnen, Barone, Agenten, Geheimräte, Schutzleute, Ehefrauen, Stu-
denten, Hauswirte freuten sich auf ihre dampfende Nacht.

Aber der arme Mob schaute das Wunder und war zur neuen Zeit aufge-
wacht.
Die böse gestörte Wut zitterte über die verregneten Telegrafenstangen,
Als die mürben Armen ohne Essen und Trinken zum göttlichen Himmel
marschierten, wurden sie mit hartreißenden Flintenkugeln empfangen.

(Erstdruck in: Das Himmlische Licht, Leipzig 1916)

Sieg der Trägheit

Die armen Buckel, demütige Schultern, zogen selig zur neuen Zeit und
wussten nur dies.

Die Erdschale blätterte zitternd vor ihnen ab, ein Schlammgeschwür schwoll
auf, klebrige Barrikaden liefen ins Dunkel um, weich drohende Saugnäpfe
wie ein gieriger Blutegelfries.
Die armen Menschenköpfe und Leiber stießen an die mächtige Mauer von
grauzitterndem Brei,
Ein Schleim floss wie fette Aale nächtlich um sie und vergurgelte ihr Geschrei.

Das schwarze Gebirg von langsamem Leim schloss hinter ihnen sein trie-
fendes Tor,
Durch träge Blasen klatschten strudelnde Glieder wie versinkendes Stroh im
Moor.
Schwankend bebt es herab und fließt zäh ab. Ein schwarzes Loch dreht sich
schluckend und faul,
Eine kalte Riesenfresse wälzt auf, Bergfalten um ein zahnloses saugendes
Maul.
Die Menschenwälder zappelnd zum Tod trieben erstickt mit sausendem
Kreis hinab in den dunklen Schlauch.
O Aufstand zum Licht! o Erdengesicht! O Endnacht im trägen riesigen
Bauch!

Kamerad, und wissen Sie noch, wie die blanke Polizei auf dicken Maschi-
nenstiefeln aus den Nebenstraßen fiel?
Trafalgar Square war dunkel und hell wie ein schreiender Rohrteich, im
Londoner Mittagswind.
In Berlin stampften Schüsse heiß ins Geschrei, die graugrüne Schlosskuppel
lag lieblich über dem leeren langen Platz.

Wiehern in den Newski-Prospekt, im Winterfrost drückten sie den Mob tot!
Und wissen Sie noch, dass schnelle Gefängnisse mit Wärtern und Prügel-
strafen gebaut wurden?
In Japan Köpfe ab. Über Russland standen frische Galgenbäume.

In New York die Faust vom dritten Grad den Angeklagten so lang ins Gesicht, Hunger und Heißfolterdurst, bis sie lieber im elektrischen Stuhl von Sing-Sing starben.
Aber Madrid, o Gefängnisse von Monjuich, blutstöhnend. Man schraubte eiserne Wechselstromhelme an die Schläfen zum Irrsinn. Und allen quetschte man Tag für Tag die Hoden langsam zusammen.

Der erste Blutstropfen hatte dick und schwarz die Erde erreicht.
Das himmlische Licht war verschwunden schräg zuckend über die spitzen Dächer hin.
Der Abend stieg wie Schnalzen aus dem Fett der geilen Städte.
Die bleichen Lampen bissen Schatten um Herren mit Mappen unterm schwitzenden Arm,
Dünne Frauen hoben vor ihnen die Röcke hoch.

O kleine Erde, was hast du vergessen!
Du feindliche hast das Licht Gottes gefressen.
Die Sterne wehren dein gieriges Kreisen mit strahlendem Dorn,
Aus deinen Wunden bricht in Blutsäulen der himmlische Zorn.
Deine Städte und Berge rollen taumelnd im nächtlichen Rund,
Bis unter deinen dumpfen Menschen gesiegt hat der geistige Bund.

(Erstdruck in: Das Himmlische Licht, Leipzig 1916)

Die Ankunft

Ihr, die Ihr diese Zeilen nie lesen werdet. Dürftige Mädchen, die in ungesehenen Winkeln von Soldaten gebären,

Fiebrige Mütter, die keine Milch haben, ihre Kinder zu nähren.
Schüler, die mit erhobnem Zeigefinger strammstehen müssen,
Ihr Fünfzigjährige mit dunklem Augrand und Träumen von Maschinengewehrschüssen,
Ihr gierige Zuhälter, die den Schlagring verbergt, wenn ihr dem Fremden ins Menschenauge seht,
Ihr Mob, die Ihr klein seid und zu heißen Riesenmassen schwellt, wenn das Wunder durch die Straßen geht,

Ihr, die Ihr nichts wisst, nur dass Euer Leben das Letzte ist, Eure Tage sind hungrig und kalt:

Zu Euch stäuben alle Worte der Welt aus den Spalten der Mauern, zu Euch steigen sie wie Weinrauch aus dem Dunst des Asphalt.
Ihr tragt die Kraft des himmlischen Lichts, das über Dächer in Euer Bleichblut schien.
Ihr seid der schallende Mund, der Sturmlauf, das Haus auf der neuen gewölbten Erde Berlin.

Ihr feinere dämliche Gelehrte, die Ihr nie Euch entscheidet hinter Bibliothekstischen,
Ihr Börsenspieler, die mit schwarzem Hut am Genick schwitzend witzelt in Sprachgemischen.
Ihr Generäle, weißbärtig, schlaflos in Stabsquartieren, Ihr Soldaten in den Leichenrohren der Erde hinter pestigen Aasbarrikaden.
Und Kamerad, Sie, einsam unter tausend Brüdern Kameraden;
Kamerad, und die Brüder, die mit allem zu Ende sind,
Dichter, borgende Beamte, unruhige Weltreisende, reiche Frauen ohne Kind,
Weise, höhnische Betrachter, die aus ewigen Gesetzen den kommenden Krieg lehren: Japan-Amerika,

Ihr habt gewartet, nun seid Ihr das Wort und der göttliche Mensch. Und das himmlische Licht ist nah.

Ein Licht flog einst braunhäutig vom Südseegolf hoch, doch die Erde war ein wildes verdauendes Tier.

Eure Eltern starben am Licht, sie zeugten Euch blind. Aber aus Seuche und Mord stiegt Ihr.

Ihr soget den Tod, und das Licht war die Milch, Ihr seid Säulen von Blut und sternscheinendem Diamant.

Ihr seid das Licht. Ihr seid der Mensch. Euch schwillt neu die Erde aus Eurer Hand.

Ihr ruft über die kreisende Erde hin, Euch tönt 'rück Euer riesiger Menschenmund,
Ihr steht herrlich auf sausender Kugel, wie Gottes Haare im Wind, denn Ihr seid im Erscheinen der geistige Bund.

Kamerad, Sie dürfen nicht schweigen. O wenn Sie wüssten, wie wir geliebt werden!

Jahrtausende mischten Atem und Blut für uns, wir sind Sternbrüder auf himmlischen Erden.

O wir müssen den Mund auftun und laut reden für alle heute bis zum Morgen.
Der letzte Reporter ist unser lieber Bruder,
Der Reklamechef der großen Kaufhäuser ist unser Bruder!
Jeder, der nicht schweigt, ist unser Bruder!

O zersprengt die Stahlkasematten Eurer Einsamkeit!
O springt aus den violetten Grotten, wo Eure Schatten im Dunkel aus Eurem Blut lebend schlürfen!

Jede Öffnung, die Ihr in Mauern um Euch schlagt, sei Euer runder Mund zum Licht!
Aus jeder vergessenen Spalte der Erdschale stoßt den Atemschlag des Geistes in Sonnenstaub!
Wenn ein Baum der Erde den Saft in die weißen Blüten schickt, lasst sie reif platzen, weil Euer Mund ihn beschwört!
O sagt es, wie die geliebte grünschillernde Erdkugel über dem Feuerhauch Eures lächelnden Mundes auf und ab tanzte!
O sagt, dass es unser Mund ist, der die Erdgebirge wie Wolldocken bläst!
Sagt dem besorgten Feldherrn und dem zerzausten Arbeitslosen, der unter den Brücken schläft, dass aus ihrem Mund der himmlische Brand lächelnd quillt!
Sagt dem abgesetzten Minister und der frierenden Wanderdirne, sie dürfen nicht sterben, eh hinaus ihr Menschenmund schrillt!

Kamerad, Sie werden in Ihrem Bett einen langen Schlaf tun. O träumen Sie, wie Menschen Sie betrogen; Ihre Freunde verließen Sie scheel.

Träumen Sie, wie eingeschlossen Sie waren. Träumen Sie den Krieg, das Bluten der Erde, den millionenstimmigen Mordbefehl,

Träumen Sie Ihre Angst; Ihre Lippen schlossen sich eng, Ihr Atem ging kurz wie das Blätterbeben an erschreckten Ziergesträuchen.

Schwarzpressender Traum, Vergangenheit, o Schlaf im eisernen Keuchen!

Aber dann wachen Sie auf, und Ihr Wort sprüht ums Rund in Kometen und Feuerbrand.

Sie sind das Auge. Und der schimmernde Raum. Und Sie bauen das neue irdische Land.

Ihr Wort stiebt in Regenbogenschein, und die Nacht zerflog, wie im Licht aus den Schornsteinen Ruß.

O Lichtmensch aus Nacht. Ihre Brüder sind wach. Und Ihr Mund laut offen ruft zur Erde den ersten göttlichen Gruß.

(Erstdruck in: Das Himmlische Licht, Leipzig 1916)

Eine Botschaft

Vielleicht kam sie zur Zeit, eine Botschaft vom Lächeln der Menschen, Sonnengang, und, ganz einfach, von Blumen.
Abstieg in die dunklen Buchstaben der fremden Worte, wie in abendliche Gänge hinaus zwischen südlichen Mauern, die zu einer runden Bucht führen mitten in hohen verlöschenden Wasserwolken.
Schauen wie durch den nächtlichen Traumweg eines Fernrohrs, hinein in den riesigen südleuchtend gewölbten Strahlenball unserer Erinnerungen. Eine Sonne und ein Mond schweben umeinander, licht rötlicher Schaum in weißer Silberhitze über der neu aufscheinenden Erde.
Lächeln, das vor den brüllenden Schwungrädern der Fabrik nicht zittert, Freundinnen in den fliegenden Kleidern! Die sanften, so gestreichelten Locken inmitten blonder Getreidefelder, über die nur stiller Wind zuckt. Die helle Haut der Freunde, ruhige Körper, die steil auf der schrägen Wiese stehen, während fern ein Wasserfall wölbend am sonnigen Ufer Perlenbögen über sie klirrt.
Die dichten Wiesen so sanft wie große Tieraugen, weit drüben vorm Wald staunt wie Hornton das rote Kleid einer Golfspielerin im Abendglück.
O Botschaft von Menschen! Ja, vielleicht gibt es Lächeln und schöne Körper, und Augen, die ruhig zarte tiefe Horizonte wie große Blumenkelche um sich austeilen.

118

Vielleicht, trotzdem ich aufblicke, ich sitze an meinem Tisch, und ich weiß
von dem ungeheuren Zug der Menschen um mein Haus,
ich weiß die alten angstvollen Schädel und die kleinen schweigenden Kinder, die an einem schmerzenden Arm schnell mitgezerrt werden,
ich weiß den rasenden Zug, vorbei unter meinem Fenster, vor Furcht
Schweigsamer, und nur ein Heulen zieht in die Nacht von den tausend eilen-
den Tritten auf dem harten Granit;
ich weiß die aus schwarzer Nacht einsam Grinsenden, mit Höllenfalten der
Generäle im versteckten Gesicht, die aus vier Weltecken ihre Maschinenge-
wehre auf mein Haus richten.
Aber ich weiß, ich weiß von den verstohlenen Händedrücken meiner Brüder
im Dunkel des Menschengedränges,
von der Freundschaft, die wie Scheinwerfer aus nie greifbarem Dunkel in
die Nacht hinauf blitzt und ein magisches Bild von Hoffnung und Seligkeit
in die Wolken wirft,
ich weiß von der unsichtbaren, schwebenden Riesenstimme, unser Gesang,
der wie eine Stahlkette meine Freunde umschlingt.
Ich weiß, wie ich hinunterspringe und wie es im roten Licht der Nacht gegen eine rohe Überzahl von Teufeln geht.
O es ist gewiss, diese alle, die in der Straßenschlacht stehen, werden sterben. Aber das sinnlose heiße Auszischen unseres Lebens fliegt hinaus in die
Welt, die Sterne tragen unsere Gesichte verschüttend durch die Nächte, wie
Bienen, die vom Blütenstaub beschwert um den Erdball auf und nieder steigen.

Dichte Wiesen schwellen auf aus unseren Keimen, sanfter Hornton im Grün
aus dem roten Kleid einer glücklichen Frau, Locken flattern um helle Glieder hoch, die straffe Haut ausgeruhter Leiber springt rosig über die Lichtung
hin, wie auf sanften Stengeln blüht Lächeln uns an, das gelernt hat, nicht zu
beben unterm fernen Maschinengestampf.
Unser Blut fliegt um die Welt wie die Mittagswolke, die die Keime der heißen Gärten trägt. In allen gewölbten Ländern der runden Erde wird ein
schöner Mensch geboren. Einer nur, aber wie viel ist das schon!
Eine Botschaft kam, und der Weltball unserer Erinnerungen wie ein Mond
aus dem Meer stieg auf.
Wir verströmen unser Leben, wir sprengen unsern Leib hinaus in die Katastrophen des dunklen Raums, aber unser Tod über Jahrtausende hin streut
hie und da auf die Erde ein Lächeln der Menschen, einen Blick auf den Sonnengang, und, ganz einfach, Blumen.

(Zurufe an die Freunde, Erstdruck in: Die Aktion 6, 1916)

119

Die Anonymen

Seit einigen Wochen dürfen wir wissen, dass Deutschland existiert. In einem Lande, das bevölkert war von industrialisierten Kegelklubs und ihren grad so hochnäsigen Gegnern: schwermütig fettansetzenden Einzelgängern, ist das Wunder da. Menschenstimmen wurden hörbar. Seien Sie irgendwo auf Java in einem fernen runden, einsamen Waldloch; vielleicht kurze Zeit nur allein, aber fühlen Sie sich abgetrennt vom Willen und vom Leben anderer, weit von jeder Hilfe – und finden Sie plötzlich, kaum sichtbar hinter Stämmen und Blättern, ein kleines Haus, in dem Leute leben, die schon sehr lange da wohnen, zu Ihnen sprechen und alles rings kennen. Wenn Sie noch Zeit haben, dann heulen Sie los.

Schleußen Sie die letzte Sentimentalität auf, die heut jeder wirklich anständige Mensch hat. (Sie ist noch das Reservoir der Werte, aber morgen gibt's keine mehr!) Seien Sie gerührt, heulen Sie vor dem Wunder der Menschenstimme in Deutschland.

Seit einigen Wochen erscheint in Leipzig im Demeter-Verlag eine Zeitschrift. Sie heißt »Der lose Vogel«. »Der lose Vogel« hatte die Aufgabe, in ganz Deutschland einen Satz zum Lesen zu geben, dessen aufrüttelnd erarbeitete, durch Schlagen, Zerren, Brennen erarbeitete Geistigkeit seit hundert Jahren nirgends erwartet werden konnte. Im »losen Vogel« stand:

»Eine ganz kleine Gruppe von Schriftstellern, die mit der Anonymität ihrer Beiträge die Sachlichkeit betonen möchte gegenüber der heute so beliebten Betonung des Persönlichen«, schreibt diese Monatsschrift »Der lose Vogel«, »in der vielleicht nicht ganz aussichtslosen Hoffnung, dazu zu helfen, dass dieser sogenannte moderne Mensch auf sein Epitheton verzichten lerne und ein Mensch werde, bestimmt durch seine Art und Begabung, aus der, und sei sie noch so gering und eng, zu wirken, ihm und damit dem Ganzen des Lebens von größerem Nutzen und besserem Glück sein wird, als wenn er sich in eine immer nur oberflächliche Vielseitigkeit und falsche geistige Geschäftigkeit verliert, die ihn zum Toren macht und keinem dient.«

In diesen Worten ist nichts mehr zu spüren von dem Zungenschnalzen über der Materie, das das ganze letzte Jahrhundert geschändet hat. Aber dies wäre nichts.

Ist es denn nicht zu merken? Muss es gesagt werden? Die Revolution ist da. In diesem Satz brach ein Heer hervor. Die Menschlichkeit, das Gestaltende, geht gegen die starre, widerstrebende, viehische Gewohnheit; gegen den Weltbauch.

Es gibt keine Materie mehr.

Niemand hat mehr vor Bildern zu taumeln. Niemand hat mehr betäubt in Symphonien zu sitzen. Auch der Sieg einer Epoche der Plastik wär nur Mode. Vielleicht darf's noch erlaubt sein, den rundgehauenen Klotz der römischen Engelsburg als ein Zeichen zu nehmen (letztes Zeichen, dass die Erde besteht). Man darf aber als erstes Zeichen für den wirklichen Geist an die Pyramiden glauben.

In der Zeitschrift des Demeter-Verlags herrscht Anonymität. Ist es möglich, ein Wort auszudenken, das nur etwas von dem Umschüttelnden, von aller Seligkeit dieser real erfüllten Utopie mitteilen könnte? Es gilt zu überzeugen, dass ein Jahrhundert, dessen Aufgabe es war, uns Essnäpfe, Einheitsstiefel, Wagnerpartituren herzustellen, nicht mehr als ein Hindernis für den Geist besteht. Wie soll man es mitteilen, wie soll man andere zum Schreck und zum Entzücken bringen? In einer neuen Zeitschrift herrscht die Anonymität: das heißt, es herrscht nach einem Jahrhundert wieder die Verpflichtung und die Beziehung.

Der Tag, an dem *einer* den Mut wirklich hatte, den Gedanken der Anonymität bis zum Ende zu umfassen, dieser gehört zu den Schöpfungstagen unserer heutigen Geschichte. So ein Moment des Überschwelltseins mit Geist ist nicht auszudenken, er kommt nur einmal vor. Man kann versuchen auf einem Gang durch die Straßen, allein in der späten Nacht, einmal sich jene Schöpfungsstunde unserer deutschen Anonymität vorzustellen, um zu wissen, nach welcher Hybris aller Sinne, mit welchem Leiden unter dem unaufhaltsamen Druck des akkumulierten Geistes sie zustande kam. Die Zeitschrift der Anonymität ist ein Herz des geistigen Lebens. Hier muss zusammenströmen, was an Kraft ungeleitet und versprengt in der Welt umherirrt. Diese Anonymität macht tausend Selbstmorde zunicht. Kann etwas menschlicher sein? Nun, hier ist ein Horizont aufgebaut, der jeden Menschen plötzlich seine Verantwortung in dieser Welt fühlen lässt. In diesem Moment gibt es keine Empfindung mehr, die Freude fällt von unserem Fleische ab.

Aus uns wachsen Bäume mit breiten Zweigenkreisen, eine Welt ist da. Hier ist nichts allein. Was bleibt uns – vor dieser Anonymität –, als unser Leben beieinander zu führen! Denn wer innerhalb dieser Anonymität noch in Gleichnissen sprechen würde, wer sich spiegeln und gefallen wollte, wer sich genösse, auf den würden seine in die Welt geschickten Kräfte wieder wirkend zurückprallen. Den würden sie verzerren und verzierlichen, den

121

würden sie vereinzeln. Er wäre Einzelner und ohne Halt in dem rings zusammengeschlossenen Kreis Verantwortungsvoller. Das wäre der selbstverständliche Tod. Dies weiß der Anonyme, und das drängt ihm die Kräfte auf die stärkste Sachlichkeit zusammen.

Alle Menschen waren heute musikalisch. Die Musik ist die Kunst, sich auf die leichteste und bequemste Art seinen Verpflichtungen zu entziehen. Hineinzuschlüpfen in Polyphonien: ist ein Weg außer sich zu geraten, ohne für andere dazusein. (Die Musik – die gute Musik, und je besser, desto schlimmer – ist der Weg des Vereinzelns. Die Deutschen sind musikalisch: isoliert!) Musikalisch ist der Gegensatz zu Moralisch.

Die neue Zeitschrift ist ohne Musik; trocken.

Die Zeitschrift der Anonymen ist das neue Manifest der Moral!

Es wird nötig, noch ein paar Worte historisch zu reden. Üble Tagesschreiber werden die Anonymität für einen Trick halten; Weichgehirne denken an eine funkelnagelneue Originalität (in Wahrheit brach hier endlich einmal der Mut der Verantwortlichkeit hervor, die Originalität zu züchtigen). Der Verleger hat kein Geheimnis daraus gemacht, dass der »Lose Vogel« von Franz Blei herausgegeben wird. Darf eine flüchtige Erinnerung genügen? Wenn man heute die alten Jahrgänge der Insel aufschlägt, so ist gleich sichtbar, dass da nicht die violetten Leberknödel des Gründers Bierbaum wirkten, sondern das Formgebende sind die Beiträge Bleis. Heute sieht es so aus, als sei er der Leiter gewesen. Dann: er hat die großen Moralischen nach Deutschland gebracht, André Gide und Francis Jammes; übrigens zu einer Zeit, in der keiner fähig war, ihre Einwirkung auch nur zu spüren. Nie wird vergessen werden, wie Blei Claudel übersetzt hat. Diese Menschenliebe ist in der Literatur noch nicht gewesen: diese mächtige Überwindung, die Opferung aller persönlichen Genüsse der Sprache. In der Übersetzung Claudels verging kein Satz, der nicht zeigen wollte, da sei nicht »Übertragung«, sondern bedingungslose unamüsable Nachbildung eines Undeutschen: Nachbildung, die im härtesten Deutsch bedeuten sollte, dass nicht der Übersetzer lustvoll dichte, sondern dass der fremde Dichter einen sachlichen Inhalt habe. Nie hat, wie Bleis Claudel-Übersetzung, etwas so drohend und seelenkräftigend gezeigt, dass »Wortkunst« ein genussreicher Selbstbetrug sei.

Wir werden nie vergessen dürfen, dass er uns wieder neu *Moral* gelehrt hat. Ein Ding, das unter verschwommenen, dicken weichlichen Händen zur komischen Puppe geknetet worden war. Was für ein Mut gehört dazu, vor Lesern – und im Hintergrund blieben doch unverborgen Künstler und Literaten –, vor Lesern die Verfilzung gefühlvoller Begriffe zu verstören, die

Schlupfwinkel zimperlicher Ausflüchte, die das ehrfurchtweckend bebärtete Wort »Ethos« bot, auszubrennen. Es war Mut, daran zu erinnern, dass wir in einer Gemeinschaft leben. Ein Zufall zeigt, dass Blei vor gerade zwanzig Jahren in einem Züricher Brief an den »Socialist« die Verantwortlichkeit innerhalb der Gemeinschaft verteidigt – 1892, also zu einer Zeit, wo Individualismus gerade was riesig Feines für ausgekochte Jungens war. Dieser Mann hat also die Moral nicht erst in sich »entwickelt«; er *hat* die Moral. Sie ist das Zeichen seines Typus. Jede Zeile, die Blei in diesen zwanzig Jahren geschrieben hat, ist nur befühlbares Sachargument für eine wertende Metaphysik. (Nicht seine Schuld ist's, dass Marquisenjäger und Zahnstocherathleten sich auf Unterröckchen und Manschettenknöpfe stürzten. Wenn Gentleman-Literaten in Lieferungen die »galante Zeit fürs Volk« entdeckten, so zeigt dies nur von neuem die große Aufopferungsfähigkeit Bleis, der, trotz äußerster Gefahr des Missverständnisses, Anekdoten als moralische Beweise gab!) Soll noch rudimentär und zufällig hinzugefügt werden, dass es an Blei liegt, wenn der große furchtbare Pascal in Deutschland einigen nicht mehr Angelegenheit der Dictionnaire blieb? Doch dies sind ja alte Zeiten. Es ist auch alles bloß roh biografisch. Und in dem nur historischen Überblick könnte man auch von der Luther-Rolle Bleis als Übersetzer oder Vermittler von allen Erweckern des Moralischen reden.

Aber nun, welches Glück für uns, die notwendige letzte Folge zu sehen, den Querschnitt dieses Typus zu haben; dazusein und zu leben bei der Formung aufgespeicherter Kräfte. Mitzuerleben, was man doch nicht mehr zu hoffen gewagt hat: Der Geist springt hinein in den steinernen Raum der Sache. Es bleibt auf der Welt davon hallend ein Satz, ein Wort; es bleibt ein *Wert*. Mit der Anonymität jener Zeitschrift sind wir geistig geworden, seit hundert Jahren zum ersten Male wieder. Von heut an geht es uns nur darum – wie dem alten Zuschauer der Comédie française, der vorm Fallen des Vorhangs wirklich nicht den Namen des neuen Dichters wusste –, ob unsere Sache agiert wird, die Sache; Menschliches beziehungsvoll. Denn jeder Mensch erlebt einmal den Tag, an dem die Sache aller andern bei ihm liegt. Er soll es wissen. Er soll seine Sache tun. Nur seine Kraft wirkt, seine Lebensgeschichte steckt ganz in der »Sache«. Biografie gilt nicht mehr. Name ist gleichgültig. –

Hier begann die deutsche Revolution von 1912. Der »Lose Vogel« ist bisher zweimal erschienen.

(Erstdruck in: Die Aktion 2, 1912)

Der Dichter greift in die Politik

Die Legende ist der erste Schritt zur Wahrheit.
Dostojewski

Ein kritischer Dichter griff in die Politik, ein Literat. Viele wollen mich belehren, dass dies gleichgültig sei, dass der Fall überschätzt werde. Ich kann es nicht finden. Es ist zu bedenken, dass hier ein Mann Politik lehrt, der das Kunstdenken einer Generation erzogen hat. Wenn sein Psychologenblatt in einiger Zeit die Öffentlichkeit gewinnt (was nur eine Frage der Beharrlichkeit ist), so wird diese Politik auch wirken.

Gar nicht erst einlassen kann ich mich mit andern Leuten, Schweinen einer skeptischen Naivtuerei, die fragen: Wozu überhaupt man denn Politik treibe – und das Leben – und es komme doch alles von allein ...

Politik ist die Veröffentlichung unserer sittlichen Absichten. Und wenn es irgendwo eine Wahrheit gäbe, die beweisen ließe, dass unsere sittliche Absicht keine sittliche Pflicht ist – so sind noch hunderttausend Menschen da und bereit, sie für eine sittliche Pflicht zu halten. Das ist ausschlaggebend.

Ich weiß einiges, über das zu diskutieren ich nicht mehr bereit bin. Ich weiß, dass es nur ein sittliches Lebensziel gibt: Intensität, Feuerschweife der Intensität, ihr Bersten, Aufsplittern, ihre Sprengungen. Ihr Hinausstieben, ihr Morden und ihr Zeugen von ewiger Unvergessenheit in einer Sekunde. Ich kenne die Kanonaden der Erdkruste, Staub zerfliegt, alte Dreckschalen werden durchschlagen, heraus siedet das Feuerzischen des Geistes. Ich weiß, dass es keine Entwicklung gibt. Ich weiß, dass das Anhäufen von Massen nicht die Motive dieses Anhäufens (im Menschen) ändert. Dass aus Quantitäten nie durch Addition Qualitäten werden (Entwicklungslehre). Sondern dass nur unsere Zivilisation fortschreitet (ohne Hohn!). Wobei zu sagen wäre, dass Zivilisation die Technik ist, unsere Ermüdungen abzulenken. Dass Zivilisation weder zu bekämpfen noch zu erstreben ist, sondern etwas Vorhandenes, welches uns umfängt, uns verbindlich macht, uns gefangenhält – aber nie *beherrscht*. Genau zu sprechen: der Fortschritt (unserer) Zivilisation wird uns immer mehr verhindern, unserm Tischnachbar ein paar Ohrfeigen runterzuhauen, aber er wird uns nie verhindern, dies zu *wollen*.

Ich weiß, dass es nur Katastrophen gibt. Feuersbrünste, Explosionen, Absprünge von hohen Türmen, Licht, Umsichschlagen, Amokschreien. Diese alle sind unsere tausendmal gesiebten Erinnerungen daran, dass aus dem fletschenden Schlund einer Katastrophe der Geist bricht. Nur ein sittliches

Lebensziel gibt es: von diesen Erinnerungen die neuen sanften Süßigkeiten der kurz vergangenen Zeiten herabzuhauen. Den Fortschritt der Zivilisation aufzuhalten; herauszustoßen die Selbstverständlichkeit und Sicherheit des Getragenwerdens von der Umwelt. Einen schnellen Augenblick die Intensität ins Menschenleben zu bringen: Unter Erschütterungen, Schrecknissen, Bedrohungen das Verantwortlichkeitsgefühl des Einzelnen in der Gemeinschaft bewusst machen!

Es gibt Helden, und noch wenn sie krepieren, drohen sie Bewegungen des Schreckens an. Die Scharen der Zivilisation, dröhnende Legionen von Gemüsehändlern, Portiers, Journalisten, Bankbeamten, Premierenbesuchern, unglücklichen Lotteriespielern und patriotischen Hurenwirten treten ihre Leichen mit den Stiefelabsätzen zu Brei.

»Wir?«

Nein. Ich bin nicht allein.

Obzwar dies kein Beweis ist. Aber eine Freude.

Wer sind Wir?

Wer sind die Kameraden? Prostituierte, Dichter, Zuhälter, Sammler von verlorenen Gegenständen, Gelegenheitsdiebe, Nichtstuer, Liebespaare inmitten der Umarmung, religiös Irrsinnige, Säufer, Kettenraucher, Arbeitslose, Vielfraße, Pennbrüder, Einbrecher, Erpresser, Kritiker, Schlafsüchtige. Gesindel. Und für Momente alle Frauen der Welt. Wir sind Auswurf, der Abhub, die Verachtung. Wir sind die Arbeitslosen, die Arbeitsunfähigen, die Arbeitsunwilligen.

Wir wollen nicht arbeiten, weil das zu langsam geht. Wir sind unbelehrbar über den Fortschritt, der ist für uns nicht da. Wir glauben an das Wunder, an das Abtun alles Fließenden in uns, daran, dass unsere Körper plötzlich vom feurigen Geist brennend gefressen werden, an eine ewige Sättigung in einem einzigen Moment. Wir suchen Feuerscheine aus unserem Gedächtnis das ganze Leben lang, stürzen hinter jeder Farbe her, wollen in fremde Räume hinein, hinein mit uns in fremde Körper; verwandeln wir uns in Orgelstimmen, ins Schwingen von Instrumenten, schlüpfen wir durch alle Zellklumpen der Musik, heraus und wieder drinnen, wie Blitze.

Wir zünden eine Zigarette an, wir passen uns in einen neuen Rock, wir trinken Schnaps; Frauen lassen sich mit zuen Augen und wirren Armen ins Wasser fallen (auch sind anbetungswürdige brandstiftende Frauen da). Wir stürzen uns, mit vier Armen, grinsend verkrümmt auf lächerliche Chaiselongues, über Gebirge von Röcken hinweg dringen wir ineinander; es sind für uns Wunder. Und wir tun das alles immer wieder, weil wir nie bis ans Ende enttäuscht sind. Unsere Hoffnung ist unermesslich, dass die übermäßige

Pressung der Seligkeit das tägliche Leben der Zivilisation in Trümmer sprenge.

Wer sind wir? Wir sind die Menschen aus den großen Städten. Herausgetrieben, in die Luft gepfeilte Silhouetten zwischen Jahrhunderten. Wir sind die, denen ein Aufenthalt auf der Haut schmerzt; Sekunden der Enttäuschung würden unvergesslich brennende Wunden der Langeweile fürs Leben. Es muss alles so schnell vorüber, dass die Vergangenheit zischend wie ein Staubschweif hinter Motoren in die Luft fährt. Um uns die Luft muss zittern. Niemals warten! Hindurch durch die schnellen Freundschaften und die Wutausbrüche Russlands, die gelbgoldenen Trompeten-Sermone Frankreichs, unter italienisches Misstrauen, blitzschnelles Aufdecken zwischen Konventionen, Hingegebenheit, stechende Worte, Sympathien, Überfälle – hindurch durch Englands Docks, morgens um fünf, unter einem stinkenden Berg von Menschen, die auf Arbeit warten, bereit vorzuspringen und den Nebenmann niederzutreten; hindurch durch den heulenden grauen Staub von Whitechapel ... Wir wollen nicht länger warten. Wir können es nicht länger aushalten.

Wir lieben diesen politischen Dichter so, weil er es nicht aushalten kann. Wir waren noch Schuljungen, da hat uns dieser Europäer gelehrt, dass man nicht zu warten braucht. Und dass »Geduld, alles wird sich schon entwickeln«, eine Stammtischparole ist. Der Mann, Deutschland von Gnaden geschenkt, war immer eine lebendige Katastrophe. Sein Leben ist ein schon mythenhaftes Beispiel unseres Nichtwarten- Könnens. Er kam immer mit Sprengungen in eine deutsche Öffentlichkeit, die gewöhnt ist, Schweinereien so lange entrüstet zu bemurmeln, bis sie sich einkalken. Sein Leben wäre klar, wenn man sich diese folgerecht gebaute Spirale ausdenken könnte: Er beseitigt in der großen Stadt Chicago Existenzen; einen herrschenden Kritiker, der von Kritisierten Bargeld und Viktualien erpresst. Einen herrschenden Dichtersmann, dessen Fett die Beef-Fabrikanten zum Applaudieren bringt. Einen Polizeiregenten, einen Boss, den überhaupt niemand mehr erträgt. Folgerecht ist dies Leben! Wie, und nur, weil dieses Wirken in der fernen Stadt Chicago abläuft, durch die Ferne exotisch umhaucht ist, sollt es uns mehr angehen als, sagen wir, in Berlin? Wär in Berlin nicht dieser Weg viel Unsriger: vom Kritiker Tappert, dem gesellschaftlichen Fall; über den Dichter Sudermann, dem öffentlichen Fall; zum Dirigenten Jagow, dem politischen Fall?

Ich muss immer lachen, wenn ein Synthet ängstet: Destruktion. Uns macht nur die (einzig!) sittliche Kraft der Destruktiven glücklich. Beweis: Dieser politische Dichter hat jedes Mal die deutsche Sprache bereichert. Er hat Rüdigkeiten gelehrt, die im deutschen Bereich noch keiner ausgedacht hatte. Immer, wenn er auffliegen ließ, wurden einzig unzerstörbare Geistigkeiten freigelegt; Beziehungen unserer (sorgfältig versteckt gehaltenen) täglichen Erfahrungen zu, ja, zu Seelischem.

Gewöhnung, Konservierung, Einpökelung, Abwendung, Schwindel ist es, wenn man den Fall dieses Europäers aus der Stadt erledigen will: »Er hat Mut, zugegeben!« Schwindel. Mut ist ein Symptom. Mut hat jeder Literat, wenn er dreimal um den Schreibtisch läuft. Es kommt darauf an, den Mut (oder den Unmut) zu *wollen.* Ich schrieb, vor etwa einem Jahr, und davon werde ich nichts zurücknehmen können.

»Dieser Mann, der Eindrücke empfangen und geben kann wie die Dichter, opfert selbst und bewusst das eilende, helle Leben; er mordet seine Lust. Mit einer ungeheuren Konzentration von Energie wandelt er Gefühlsformen völlig zu Zielen um, macht alle seligen Gleichgewichtsgenüsse seines Relativismus zunicht; und dieser von der Natur Eingesetzte, dieser herrliche ethische Jude – blond mit blauen Augen, ihr Rassentrottel – gibt *Werte!*«

Es kommt auf die Umwandlung der Energie an. Sittlich ist es, dass Bewegung herrscht. Intensität, die unser Leben erst aus gallertiger Monadigkeit löst, entsteht nur bei der Befreiung psychischer Kräfte. Umsetzung von Innenbildern in öffentliche Fakta. Kraftlinien brechen hervor, Kulissen werden umgeschmissen, Räume werden sichtbar, Platz, neue Aufenthaltsorte des Denkens; bis zur nächsten Katastrophe. Wir leben erst aus unsern Katastrophen, Störer ist ein privater Ehrentitel, Zerstörer ein religiöser Begriff. Und darum ist es gut, dass die Literatur in die Politik sprengt.

Jedoch:

In Deutschland hält man einen Universitätsprofessor für einen Genius, wenn er irgendwie auf das Jahr 1912 Bezug nimmt. So viel Menschlichkeit traut diesem Gewerbe niemand zu. In Deutschland hält man einen Reichstagsabgeordneten für eine Individualität, weil er seit zehn Jahren immer dasselbe Buch von Anatole France zitiert. So viel Intelligenz hat niemand von einem Parlamentarier erwartet. In Deutschland hält man einen Revisionisten für den künftigen Leiter der Geschicke, weil er in Frisur und studierter Haltung Lassalle ähnlich sieht. So viel Impetuoso hat man von einem Sozialdemokraten nie erwartet.

Die bescheidenste Öffentlichkeit imponiert in Deutschland so ungeheuer, weil man sie zunächst, insgeheim, von Geburt aus für minderwertig erachtet. Die Möglichkeit, dass einer unter Umständen gezwungen sein könnte, sich *unverhalten* zu benehmen, gilt schon als die (durchaus vollendete) Tatsache der Unverhaltenheit. Darauf fallen wir alle in Deutschland rein; immer wieder. Alle. Als, nur eins vieler Beispiele, Hermann Wendel, ein wertvoller Publizist deutscher Sprache, in den Reichstag kam, haben wir uns alle gefreut. Wir trauten ihm zu, damals, dass er das Ungeschäftsmäßige, den gutgeschriebenen Satz, Ahnungen vom Blut und die präzis tötende Glosse der Polemik in die Politik bringe. Wir haben uns natürlich getäuscht. Aus Gedankenlosigkeit; wir hatten den ersten Hauptsatz zur Politik vergessen: Verhaltenheit ist unsympathisch, aber die Atmosphäre der Öffentlichkeit macht in Deutschland die Leute dämlich.

Die Geschichte ist lächerlich. Wer in Deutschland die Öffentlichkeit besteigt, wird »fortschrittlich.« Er fühlt nicht mehr die Verpflichtung zu helfen, sondern hat die Unverschämtheit, erziehen zu wollen. Hier sagt, in der Öffentlichkeit politischer Läufte, kein Mensch mehr, wie er sich die Dinge denkt, sondern wie er ... wünscht ... dass man verstehen soll ... wohin eine Vorbereitung zielt ... die bewirkt ... dass man einmal verstehen wird ... was er jetzt verschwiegen hat. Fortschritt.

Politiker, die auch anständige Menschen sind, halten oft das Gelächter über ihre Politik für ein Symptom verstandloser Indifferenz. Indifferenz für Gemeinheit. Sie irren. Es ist nur Ablehnung einer Unterschätzung; Verachtung dessen, der einen unterschätzt. Nicht billige Überlegenheit, sondern eine, die uns trauert und die wir sehr wegwünschten. Beispiele wären: Ein Musiker hat den Ruf des gewaltigsten Kontrapunktikers, und man kennt nur Metropolliedchen von ihm. Ein Dichter heißt genial und hat etwa nur Karl-May-Romane veröffentlicht; und ein geheimnisvoll schaffender großer Maler hat beide mit Illustrationen versorgt.

Wir wünschen, uns mit unsern Politikern zu unterreden; nicht, von ihnen erzogen zu werden. Wir verwehren dem deutschen Politiker den Zutritt zu unserer Gesellschaft. Er schreibt zu schlecht. Er verwechselt *Verständlichkeit* (die ist Anrühren von Dingen, als welche von Geburt an in uns allen liegen) mit *Unwichtigkeit.* Und er ist sehr anständig, wenn er unter Parenthesen durchscheinen lässt, dass diese unwichtigen, weitmaschig gestrickten Reden nicht seine Angelegenheiten sind. In Momenten der Bewusstheit. Dies ist die Atmosphäre der deutschen Politiker. Währenddem in Frankreich die Politik den Menschen hebt, einen kaufmännischen Angestellten zu einem europäischen Schriftsteller macht, die (ewig erstrebenswerte) Kunst der Konzentration in die Menge bringt (man denke an die Szene: Herr Clemenceau, niemals ein Genie, doch ein Vertreter, deutet in einem höflichen Sätzchen von fünf Worten auf einen Quidam. In den Gängen laufen die Leute umher; ein Minister ist gestürzt. Und hinter diesem Mot stand nur ein Fragezeichen, wonach eine geformte Rede weiterging). Herr Bürger Cochon, ein Obdachloser, sieht aus seiner Wohnungslosigkeit das »Syndikat der Von-Hauswirten-vor-die-Tür-Gesetzten« erstehen, er gedenkt nunmehr Stadtrat zu werden. Er redet gut, und witzig zum Brüllen. Dabei ist kein Zweifel, dass dieser Mann, der jetzt bewegliche Phantasie und Handlungsfähigkeit übt, einmal mit der berühmten »Rente« sehr zufrieden sein wird; kein Zweifel, dass Clemenceau ein Gauner ist. Allein in diesen Grenzen der französischen Sprache ist das Schöne, dass die Politiker an ihren Leuten nicht Pädagogik treiben, sondern Injektionen machen. Sie steigern. Sie haben ihre gegenwärtigsten Privatwünsche im Herzen (gleichviel ob aus Schurkismus oder Notlage), und ihre Intensität steckt die Luft in Brand.

Da möcht ich etwas Herrliches von Robert Musil hersetzen. Und ein Satz, moralisch und undeutsch wie schöne Brückenbogen. Lehrhaft wie von einem Enzyklopädisten, psychologisch wie von einem Jesuiten; tatsächlich und als runde Erkenntnis gesprochen wie von einem Visionär. Er sagt – in dem unschätzbaren, menschenfreundlichen, darum unermesslich liebenswerten Novellenbuch »Vereinigungen« – er sagt: »Es kommt ja nur darauf an, dass man wie das Geschehen ist und nicht wie die Person, die handelt.«

II.

Es ist zu fragen: Wie kann ein Mann unseres Verstandes den Entwicklungsschwindel stützen? (Man antwortet sich selbst: aus Güte versickernd in geduldetes Missverständnis!)

Aber wo ist die berühmte »Entwicklung« und – wo nicht? Entwicklung – Jargon des neunzehnten Jahrhunderts; gleich – Steigerung von Fähigkeiten aus einer Summierung von Mengen. (Qualitäten aus Quantitäten. Die Nuance als Stufe.) Wirkt re vera nur bei dem, was man, physikalisch gesprochen, »Masse« nennt. Also in der Zivilisation. Alles Technische steht unter der Entwicklung; die beliebten Fabrikschornsteine (in den netten Beleuchtungen populärer Maler), die Eisenbahnen (»das gewaltige Schienennetz«), die Telefone, die Rekorde der Titanics, die Drahtlosigkeiten, Seifen, Setzmaschinen, Kunstweine, die Gummiartikel, Fotografien, Polizeiverwaltungen, die Kanonen, Luftschiffe, Konservenfabriken, Füllfederhalter, Mittagsblätter, die Anweisungen zu hypnotisieren, die gut imitierten Teppiche, Akkumulatoren, Gartentische, Gipsabdrücke, Rotationsdruck, Volksheere, Harrod, Duval, Aschinger und Sir Thomas Lipton – alle können sich entwickeln. Oder ist dies ein ungenaues Wort? Etwa so: alle können sich verfeinern und vermannigfaltigen; fortschreiten – Atome umlagern unter Druck und Widerdruck. Nur kann sich nicht entwickeln, was die Entwicklung macht; der – entschuldigen Sie – Geist. Einer kann Groschensemmeln an eilige Gäste verkaufen, um zwanzig Jahre später die Wirtschaft des pleitegegangenen Ausstellungsparks zu übernehmen.[1] Das ist eine Entwicklung. Der Weg vom Wurstbrötchen bis zur neuen Millionenpleite ist kontinuierlich, ein Fortschritt.

Aber Ideen kriechen nicht so auseinander heraus. Zwischen der Idee, nun, des Luftschiffes und der Idee des Aeroplans gibt es weder eine Entwicklung noch einen Fortschritt. Sie sind ganz unabhängig voneinander. Ideen sind immer da, und immer neu. Und jede Idee ist eine Katastrophe, wie jeder neue Mensch, den man kennenlernt.

Einmal, als der kritische Dichter seine Wut bekam (in der er instinktiv zum Geist gegen die Zivilisation hält), brauchte er auf den typischen Zivilisationsdichter dieses Wort: »In Deutschland nennt man jeden, der das Messer nicht in den Rachen stopft, einen Ästheten.« Man kann die (begreifliche, doch komische) Absicht der Zivilisationsrepräsentanten: ihre Entwicklungswelle für die der Welt zu halten, nicht stärken, witziger: sittlicher bescheinwerfen.

Zivilisation kann man lernen. Essen, sich in Grenzen aussprechen, unanstößig sein: Geschmack. Alles zu lernen. Dies vom Geist zu sagen, wirkt sofort komisch. Nicht vielleicht aus mangelnder Gewohnheit.

Sondern aus sicherster Überlegenheit vor dem rein Quantitativen, Zusammenklebenden, Massigen, naturkundlich geredet, dem Beharrensvermögen der Zivilisation.

Man sieht, es gilt hier nicht, gegen die Zivilisation zu sein. Dies wäre ein entsetzlicher Unsinn. Ebenso gut könnte man gegen »Quantität« oder gegen »Materie« sein wollen. Verse, gesäumet von der Farbe Rousseauscher Prismatik »seht, wir Wilden sind doch ...« oder »wir Kokotten sind doch bessere Menschen« oder »seht, wir Künstler ...« sind Quatsch. Die Zivilisation ist etwas Vorhandenes. Aber dies Vorhandene ist eine sehr partielle Angelegenheit der Welt. Im übrigen gibt es noch den Geist, den Geist, den Geist. Der gute Dichter dichtet nicht von den Fabriken, den Telefunkenstationen, den Automobilen, sondern von den Kraftlinien, die aus diesen Dingen im Raume umherlaufen. Das Ding ist für Menschen da. Wir sind keine Idylliker. – Nun, nachdem das Maulaufreißen vor der Technik vorbei ist, weil

---

[1] Und selbst wenn Armeen von modern funktionierenden Lokalreportern begeistert mir beistimmen, ich darf's nicht unterdrücken: Mein Entzücken über das Wahrheitsdrängeln der dreitausend Bilderbolde, Professeurs, Regierungsräte, die ihr sogenanntes Schaffen als *Aschingerkunst* zu enthüllen gewillt waren.

man sie als etwas Selbstverständliches eingeordnet hat; nun ist kein prinzipieller Unterschied mehr zwischen der »Ilias« und H. Manns »Kleiner Stadt«. Kein prinzipieller. Was die »Ilias« näher rückt! – Kraftlinien bauen eine Dichtung. (Und nur solang man glauben konnte, dass Zivilisation die ganze Welt vollfüllt und dass nicht ein Marconisender der bloße Ausdruck einer Idee, sondern ein Ding für sich ist; und solang man diesen Niggerglauben hatte, war Homer »veraltet«. Indessen: bloß die Marconisender veralten!)

Ein Telefon ist angenehm, aber es muss manchmal zerstört werden.

Die Zivilisation ist wohltuend, aber sie trägt zu viel Zinsen. Wenn's nach der Zivilisation ginge, würde der größte Bauch prämiiert, doch scheint sich dagegen etwas im Menschen zu wehren.

Denn wenn nicht mal die ganze Kiste klafft und alle Leute einen Todesschreck kriegen, dann ist das Leben langweilig. Ich zitiere den Dichter: »Immer Salamiwurst ...«

Wir freuen uns über jeden Kerl, der einen Moment lang die ganze Entwicklungssituation der Zivilisation zum Gerinnen bringt. Einfältige etwa schwindeln »Weil die Geste schön ist«. Nein – weil er Bewegung in Zusammenhängendes bringt. Herrlich, wer die Kontinuität stört. Höhnungen gegen Gewöhnungen. Krater gegen Demokrater.

Unwürdig ist es des politischen Literaten, des Störers, des Geistigen, des Grundgestaltweisenden, unwürdig ist es seiner, zu glauben, für uns müsse er unter sein Können herab. Der marxistische (Evolutions-) Nachweis, dass die Zivilisation des neunzehnten Jahrhunderts einmal allen verfügbar sein muss – ist eine Überschätzung dieser Zivilisation.

Wir wollen, dass der Dichter hineinstößt in die kommerziellen Gleise, diese Eckchen voll Augenzwinkern, diese Pressfehden voll geschwindelter Aufregung, diese Geheimnischen, wo alles längst klar ist, dieses Verschleppen von Krisen. In die Sordinen dieser Immer-ruhig-Blut-Taktik nebst diätarisch bezahlter Aufregung auf Wochen, Tage und Stunden. In diese Bergwerks-, Eisenbahnen-, Petroleum-Interessenschübe. Hinein soll er in die Pathetophon-Vorstellung, so man Politik nennt. Und selbst, wenn Hemmungen sich vorschieben; wenn er seinem eigenen Leben nicht recht glauben will, sein Wüten nicht sieht, seine Katastrophen nicht erkennt; nicht mehr weiß, dass er um sich geschlagen hat, dass ihn der Wirbel seiner Aktionen auf Spiralen mitriss (und nicht auf sanften Ebenen). Selbst wenn ihm Naturwissenschaften imponieren, wenn er sonntags in die Entwicklungskirche geht; wenn er an die Marxisme glaubt, gehäufte Zivilisationen gäben gehäuften Geist.

Selbst wenn er sich einer fixen Idee von himmlischen Hinaufstufungen der Umwelt mehr verpflichtet fühlte als den Zeichen seines eigenen Lebens: so tut er Unermessliches, dieweil er in die Politik greift.

Man hat russische Revolutionäre angegriffen, die in fernen Dörfern sagten: Heraus, der Zar hat befohlen, dass ihr Revolution macht! – Man hat denen vorgeworfen, sie stützten das absolutistische Prinzip. Falsch, falsch, Rederei! Sie haben gut getan. (Wertvoll ist doch in diesem Spaß: Durch Stützen Stürzen!) Es kommt darauf an, Erschütterungen zu erzeugen.

Wenn der Dichter, der Erschütterer, zur Politik kommt – bei diesem Umwandeln der Selbstgenüsse und Selbstzerfleischungen in Ekel des Handelns, beim tiefen seligen Auskosten der Schweinerei: Volksmann zu sein; beim unermesslichen Glücksgefühl, wehrlos, im Wind eine Stimme für andere zu sein (wenn man bis dahin seine eigene war); – bei dieser unschätzbaren Selbstaufgabe, die nur für den konzentriertesten Mann da ist, und also von neuem: bei dieser Umwandlung der Kräfte wird Unmessbares an sittlicher Energie frei. Dies strahlt in den Raum, fährt mit Brisanzeffekt unter die Stühle von Literaten, Genießern, Politikern. Soundsoviel Stuben sind plötzlich, in denen man merkt, dass es in der Welt klafft. Man nennt das die moralische Wirkung.

Darf ich reden, wie sie einmal zu spüren war, als in einer verängstigten Volksversammlung – weil nur zwei dünne Bogenlampen mit vielen Schatten grünlich flammten – der Politerat zu uns sprach. Wie er plötzlich uns kannte, als es um die Sache ging, wie er die ängstlichen Bedürfnisse einer Masse nach Pathos, Würde, Abwehr durchschaute. Mit unerwartet tiefer Stimme, sinnlicher Vergeistigung, tiefe schwingende Metallzungen hinter blauen Samtvorhängen: pfefferte er eine Bombe voll Assoziationen unter uns. So konnt er auf einmal zitieren, sagen wir, einen Philipp II.; wir erinnern uns unter erschrecklichem Lächeln an Klassenzimmer, Wut, Ekel. Und wir greifen Wut und Ekel in unser Gefühl auf, um sie gegen jene Institution zu kehren, die von der Versammlung bekämpft wurde. Nun musste er nur noch Deutungen bestimmen. Nennen, wie von einem Transparent herab, die »moralische Wirkung«. Und sie stand wahrhaft da.

Aber nur Der erzielt das, der von dem geistigen, freien Schweben freiwillig sich herabschleudern lässt auf die Platt-Form des Volksmanns. Der Geistige, der zum Volksmann wird, gibt von dem Geist ab. Er fühlt, er »schraubt sich herab«. Aber in Wahrheit setzt er das Verlorene um. Der Dichter wirkt tausendmal stärker als der Politiker, der im Moment vielleicht fetter effektuiert. Der Dichter ist der einzige, der hat, was uns erschüttert, Intensität.

Doch muss man ihn bitten, nicht schon das Herabschrauben allein für erschütternd zu halten. Er soll wissen, dass er ein Erzieher ist, auch ohne die Umstände eines solchen zu machen. Und er wird erinnert, dass es seiner unwürdig ist, etwa einen Justizrat Dr. Spießer vom Hamsterbund für einen Lebensmenschen zu halten, menschlicher und lieblicher, als er selber sei. Wir wissen, auch er überschaut beispielsweise, dass die Leute, welche in Abendtoilette Volksstimmung markieren, dieweil sie mit den Stiefelabsätzen sterbende Aufrührer zu Brei treten, von ein paar (demokratischen) Bankiers gemietet sind. Gemietet sind Empörung zu produzieren. Er weiß, dass diese öffentliche Meinung, diese Matins, Figaros, Petits Journaux, gekauft sind von Bänkern, die ihre allgemeine Existenz bedroht fühlen.

Das alles weiß er. Und – welche Pietät kann ihn verpflichten, das Leben in die Länge zu ziehen? Seinen Geist seine Katastrophen, sein Nicht-mehr-aushalten-Können pädagogisch aufzuwenden in milderen Marxismen für das wählerische, doch indifferente Bürgertum? Diese Horde, die ihn füttert, gewöhnt; verbraucht –: Nieder mit den Demokraten!

Er weiß. Dichter, Polites, Mann der Stadt, weiß, wie dankbar wir ihm für seine Existenz sind. Dass unsere Willen geneigt sind, in seine Schwingungen zu stoßen. Doch er höre uns. Er glaube uns. Er wisse, dass ihn sein Körper nicht täuscht; dass sein Leben recht hatte, wenn es ihn über Katastrophen, Ermüdungen, Wutausbrüche, und über Ungeduld, die tötete, geführt hat. Dies alles braucht er heute nicht mehr umzuschalten. Wir sind da, zu denen er direkt sprechen kann, ohne Umwege über Bequemlichkeiten und Wissenschaften. Er spreche auch zu denen, die nicht warten können – wie er nie warten konnte. Zu denen, die an ihm die Unbedingtheit lieben, die in ihm Zerstörerisches fanden, Intensität. Zu seinen Brüdern, den Ungeduldigen. Den Sittlichen. Er verhalte nicht seine heiße Haut hinter den Verteidigungstheorien der Zivilisation (Evolutionsmythen mit nunmehr kirchlichem Klimbim). Er spreche von den Katastrophen, die er zu sehen uns gelehrt hat. Er glaube uns, dass wir nicht Umschweife über Versprechungen hören müssen, um überhaupt hören zu können. Wir sind so ungeduldig wie er. Drum sprech' er von sich, wir werden angerührt.

Der Fall liegt so: Verknotung von Wissen um Menschen mit Pflichten für Menschen. (Ein Augenblick der Verlegenheit.) Aber schon von der Möglichkeit dieser Kreuzung steigt sittliche Kraft aus dem Dichter. Doch welch eine Wirkung müsst es haben, wenn unter dem Druck der politischen Pflicht auch das Gewusste ganz gesagt wird!

Für einen politischen Fall der politischen Versprechungen, der Vertröstung auf Kommendes; der Herabstufung von lebendigem Dasein in Entwicklungskonfessionelles – für diesen Fall setzt' ich die Formel Dostojewskis hin. (Eines Aufrührers, der sein Ich auf Jahrhunderte ins Volk gesprengt hat.)

Die Legende. Nichtisoliertsein. Gemeinsames Suchen. Umhergreifen. Dabei hinfassen, wo die Luft bebt, hinein ins Geäder der Kraftstrahlen. Zusammenballen zur Form der Idee, aus der sie springen: Gestalten.

Und sei dies auch Erfundenes, Unmessbares. So ist es doch das Brennen, in dem gewisslich wir leben. (Brennen, Feuer, Wunden, Abenteuer. Intensität statt bibbernder Zukunft. Denn Altwerden ist Schwindel oder Gemeinheit!)

Aber wie aus Illusionen Realismen springen, so steht drüben, auf der andern Seite, unglaubhaft schwebend aus der Legende die Wahrheit als himmlisches Jerusalem.

»Die Legende ist der erste Schritt zur Wahrheit.«

Doch täuschungslos gesprochen: sie macht nie den zweiten Schritt.

Der politische Dichter glaube an sein Leben, an seinen Körper, an seine Bewegung. Der Dichter greift in die Politik, dieses heißt: er reißt auf, er legt bloß. Er glaube an seine Intensität, an seine Sprengungskraft. Es geht ja weder um unsere Zivilisation noch um ihre Entwicklung. Der politische Dichter soll nicht seine Situation in Erkenntnissen aufbrauchen, sondern er soll Hemmungen wegschieben. In Deutschland, wo meine Brüder sich verfluchten, als diese Zeilen noch nicht geschrieben waren (und wo man mit manchem, den man liebt, verkracht, da sie geschrieben wurden), in diesem Lande der Verdammnis und der Geißelungen geht es jetzt nicht drum, von unserer Legende zu irgendeiner Wahrheit zu kommen. Es gilt nur, dass wir *schreiten.* Er gilt jetzt die Bewegung. Die Intensität, und den Willen zur Katastrophe.

(Erstdruck in: Die Aktion 2, 1912)

Brief an einen Aufrührer

... Sie fragen mich weiterhin an, ob ich ein Mittel wüsste, das die Haare gründlich chemisch weiß färbt. Sicherlich gibt es so ein Mittel, und es wird Ihnen eine Zeitlang helfen können, im glaubwürdigsten Aufzuge als alter Mann unbeobachtet arbeiten zu können. Aber, wissen Sie es noch nicht, ich bin gar nicht der, an den Sie sich um Kostümierungen wenden dürfen. Ich verstehe auch nichts von der Romantik der Revolution, denn ich verstehe nichts von Einzelfällen, von Stolz oder Mantelwürfen. Nur weil ich in Paris lebe – darum weiß ich noch lange nichts vom lustigen Leben. Wie Sie zu den Menschen reden wollen, das muss ich Ihrem Körper überlassen; oder (ohne das Letzte zu verschweigen) dem Körper Ihres nächsten Kameraden, wenn Sie hochgehen. Aber womit Sie erregen, was der Sinn Ihrer Erinnerungsrufe sein kann, das will ich Ihnen sagen, an meinem runden Tisch, vor dem Tintenfass, das nicht mit Sprengstoff gefüllt ist. Und als eine Einzelzelle, solange isoliert in ihrem Protoplasma, bis sie das Zucken einer andren Zelle, irgendwo in der Welt, spürt.

Dann noch, Sie sind der Körper, Sie strecken den Arm aus. Drum muss ich Ihnen über die erregendsten Dinge dieser Erde die abstraktesten Worte sagen. Ich muss Sie wissen lassen, dass immer irgendwo in diesem Zusammenleben der Menschen eine Willensmaschine da ist, nach der Sie und Ihre Kameraden handeln oder immer gehandelt haben. Lassen Sie sich, mit allen Voraussetzungen Ihres denkenden Lebens, das Entscheidende ohne Verkleidung sagen, sein Knochiges, sein Gerüst. Das, wonach Sie, in der Umsetzung des Körperlichen, handeln müssen. Also abgezogen, konstruktiv, auf Denkgitter projiziert.

Meines Sinnes wäre es, am Ende viele tausend Blätter aus weißem Papier alle Monat unter die Leute zu bringen, auf deren jedem nichts andres zu stehen brauchte als die gewiss schönsten Worte unserer Sprache: *Freier Geist.* Heut erscheint mir diese tautologische Fassung als die machtvollste an Wirkung.

Weil sie ein Entschluss ist. Weil sie Zusammenhauen von historischen Hemmungen ist. Weil sie Umsetzung vieler betrachtender Stunden in einem Endsinn ist. Weil sie weit weg ist von Farbigkeit, von Eingehülltsein; von Melodie. Von Dichtung. Von Mitläufertum; von Genüssen; fern von Kunst. Herrlich. Des weiteren eine Kriegserklärung. Bewusst gegen alle Schwindler (die, um sich die kleinen technischen Vorteile ihres Schriftsteller-, Maler-, Musikgewerbes zu erhalten, den eigenen anständigen Menschen zu verstecken suchen). Denn dies alles handelt vom anständigen Menschen.

Heute glaube ich endgültig: es ist nötig, dass unsere Mitlebenden immer wieder in Unruhe gestellt werden. Nicht, indem man sich über sie lustig macht, da ja Überlegenheit bloß das Leben in die Länge zieht. Sondern durch das Beispiel. Es handelt sich in der Welt, diesem Zusammenleben, um den Anständigen Menschen. Dies ist uns allen sicher. Wir wissen von ihm, wir erwarten ja nie ein anderes. (Und allein die Lügenhaftigkeit eines Soziologen wird versuchen, hier Definitionen anzubringen. Man kennt die Methode und ihre Motive.) Nur darum geht es, dass man zu jeder Zeit die Grundantriebe unsrer überhaupt möglichen Existenz der Öffentlichkeit bloß zeigt. Meinetwegen in der schmierigsten Illumination eines billigen Transparents. Oder mit Pathos. Oder mit Sentimentalität. Oder mit irgendeinem Mittel, das den Körper in Erschütterung bringt; ihn ahnen lässt, dass der mittelmäßigste Tod – der nur uns alle eine Sekunde besonnen zittern macht – besser ist als die mirakelvollste Hinaufstufung. Den einen Moment nur regen können! in dem alle Gewohnheiten abfallen als historische Kostüme. In dem alle selbstverständlichen Annehmlichkeiten des Lebens gar nichts nützen, sondern allein die Feuererinnerungen unseres Kollektivdaseins. Dass wir da sind, mit vielen – die gewisslich dasselbe merken. Und die auf uns warten.

Alles Wort ist Schwindel, alle schöne Rede ist Beschwindeln. Das Wirkliche für unsere Ohren, das unbetrügerische Sinnvolle liegt einzig in der verschliffensten, verbrauchtesten, faulsten Rede; bei der keiner schon mehr was Besonderes denken kann.

Vielleicht ist heut der allerabgebrauchteste Ausdruck aller Ausdrücke das Wort: freier Geist.

Gut. Sagen Sie es, sprechen Sie es aus. Schreiben Sie es: verbreiten Sie es. Und Sie haben die Propaganda durch das Beispiel. Sie holen bei Ihren Mitmenschen einen Mahlstrom von unterdrückten Empfindungen herauf. Die Umsetzung aller Hemmungen (die den Einzelnen gewiss götterähnlich individualisierten) in ein deutliches, klar gezeigtes Resultat. *Resultat.* (Und das ihn wieder in die Menge einreiht.) Diese ungeheuerliche Transposition des Seelischen in gestalthaftes Dasein sprengt auf unserer Erde alle Riegel zu den Instinkten der Mitlebenden. Menschenhaftes Beispiel – einzig von Wert in unserm Leben – ist da, sowie nur einer mit Bestimmtheit, und der unbedingten Aussichtslosigkeit des Mannes vor dem Schafott, Gedachtes ausspricht. Ausspricht. Dies Letzte in die Welt ejakuliert: Der freie Geist.

Doch sind noch einige Anhänge da, derentwillen ich die bedingungslose Rede vom freien Geist liebe. Ein Protest? Ja, sie ist ein Protest gegen die verschmierten Hirne von Liebhabern der schönen Künste, von Sektierern der Empfindungen, von vegetativer Hochnäsigkeit der Sammler, oder nur so kleiner Leute wie unsere neuen alexandrinischen Poeten. Denn nichts auf der Welt ist gemeiner, verschmitzter, tiefer in schweinischer Hilflosigkeit versunken als die Künstler unserer Zeit und ihre Schriftsteller. (Jeder ein Ego, jeder ein Erleber, jeder ein besonderer Beschauer der Dinge! Und jeder Lump ein Erklärer.)

Aber »Der freie Geist!« – ist das nicht die Rede von 1848? Ja.

Die gewohnte Abkürzung der Polemik mit Hinrichtungsabsichten ist, einen Gegner als aufrechten Achtundvierziger auszuläuten. Das bedeutet einen dicken Mann mit grauem Bart und Brille, wie etwa Franzosen den deutschen Professor denken. Und es ist ein Mensch, der sich an der Einbildung Demokratie vollsäuft, um beim Kegelspielen mit dem Trinkglas auf flacher Hand gegen Minister zu poltern.

Aber was geht uns ein Datum an? Nun, dieses zentriere eine Zeit, in der Tagesschreiber dicke Romane fertigten, Reporter Gedichtbände ausgaben, Pauker Philosophie mimten. Sehr merkwürdiges Datum – ein Schimpfwort für Künstler, eine Verlegenheit heute für die Bürger, eine Lächerlichkeit für die geordneten Systematiker der proletarischen Umwälzung (durch Abwarten). Offenbar ein Protest-Datum.

Oder – da man diesen gebrechlichen Klätschern wohl mal auf die Historie hauen muss – oder führen diese epileptisch datierenden »Gegner« etwa mit List einen kurzbeinigen Politiker aus der Bismarckzeit an?, rechnen sie auf Ahnungslosigkeit des Zuhörers durch geschwinde Überredung, hegen sie die komische Hoffnung, ein Geduldiger werde vielleicht die Bürgerphrase irgendeiner Kaiser-Friedrich-Liberalie besinnungslos mit dem Wissen um lebendige Kraft vertauschen lassen?

Ah, vielleicht rufen Sie sich alle eine Sekunde nur zurück, wo zu Deutschland in den letzten Jahrhunderten Menschliches sich regte. Menschliches, kein Begriff, sondern der Zustand eines einzigen Moments, der Augenblick, in dem klar wird, dass nichts, nichts, nichts zu verlieren ist. Dass es nichts zu lehren, zu verbessern, zu entwickeln gilt – sondern zu beseitigen. Zu stören. Zu zerstören: Hindernisse zu sprengen; die Klumpen der Materie zur Explosion zu bringen. Auf dass ein Funke, ein Wissen ums Erste, eine *Gewissheit vom Geist* in uns allen plötzlich und gemeinsam hinaufspringe. Ho, was nachher ist, das ist gleich; es gilt nur einmal, einmal an unser wahrhaftes Dasein in uns – und in allen – zu erinnern. Wann gab's das bei Deutschen, wenn nicht um jene Zeit! Oh, wir wissen alles selbst: dass die Katastrophe klein war, dass sie in eine »Bewegung« auslief, dass sie Staatliches zeugte und auch amerikanische Zeitungsbesitzer fett werden ließ. Aber. Aber sie war doch da; sie spritzte doch hoch, sie machte Unruhe. Und nicht durch Sammeln von Unterstützungsgeldern sondern *durch das Beispiel*. Durch das Lebendige an Körpern; durch indiskutable Handlungen, Gefahren, Wutausbrüche. Nie vorher und nie später hatten die gesammelten Menschen deutscher Sprache und deutschen Benehmens diesen Mut der Aufrichtigkeit. Dieses Ziel der Intensität. Diese Fähigkeit zur Expansion! (Und ich weiß selbst, warum die Geschichte schief auslief!)

Es ist die sinistre Narkose der heutigen Gesellschaft, die immer wieder zwingt, historisch zu kommen, wo es sich doch um Angelegenheiten des Anfangs handelt. Ums Erste. Die entsetzliche Verkümmerung der Zeitgenossen steht immer wieder da in der Angst vor sich selbst, in der feigen Sorge entschieden anders Gesprochenes zu vernehmen, in dem Verstecken der eigenen Anständigkeit. (Und heute muss noch immer bestimmt gesagt werden, dass es sich nicht um Systeme der Anständigkeit handelt, sondern um die unanzweifelbar in der Welt vorhandene Anständigkeit selbst. Die Angst der Havarierten unserer Zeit findet ja immer gewisse Mode-Symbole – das historische, das soziologische, das psychologische –, um mit Hilfe von Definitionen eigene lepröse Gebreste zu vertäuschen.)

Schnell noch Dummheiten abtun. Die dämliche Wahrheit ist doch, dass hinter allem Misstrauen gegen den deutschen Aufruhr eine absurde Vorstellung steckt. Zwänge man, sie deutlich auszusprechen, zeigte sich Blödsinn. Vielleicht »zu jener Zeit gab es keine Kunstwerke. (Und nun ganz toll:) Zum Beispiel Stefan Georges Gedichte nicht.« Und wollte man einigen Kretins wirklich erwidern, könnt man doch nur sagen: jeder Lümmel weiß, dass Corneille, Hölderlin, Alfieri, George – mächtige Kunst-Energien – in jeder Epoche (Epoche) selten waren.

Wieder hinauf. Man muss aus solchen Tagen das Wort überliefern: »Die schlechteste Madonna ist mir wichtiger als das bestgemalte Stillleben.« Und dieser Spruch des Mannes, der die Lobrede auf Jean Paul ätzte, bleibt ewig; bleibt für uns, weil er besitzloser, wissend verarmender, für immer unverkäuflicher ist als die berühmten Spargelbünde, an denen die Kunsthändler reich werden. Doch (zu schweigen von Bakunin, zu schweigen von Proudhon, die im Draußenland standen) blühte in jenen Jahren nicht der größte deutsche Mann Stirner? Der deutlichste Seelenschreiber seit Meister Eckhart, der gedrängteste Bauherr des Bewusstseins vom Aufruhr, der Lehrer der Katastrophe, der kalt hitzende Verkünder der Brände. Und seit Denkensmöglichkeit der Erste, der alles Erworbene von uns ablöst, alles Zufällige zermodern lässt, alles Zeitliche in seiner Gesetzlosigkeit entdeckt. Ein Mann, bestrahlend im hellen Lichtkreis das dunkelste Bewusstsein, die Erinnerung an embryonal atomische Zustände, an Dasein in Zellen-Frühe. Aufleuchten lässt der, was uns treibt aus Tagen vor unserer Geburt her. Unser Erstes, unser Menschliches, unser Anständiges. Und unser Gemeinsames: den Geist (ein Wort, dessen panoptikumartiges Alter niemand härter erwiesen hat als Er). Den Geist, der gewisslich frei ist. Frei – unzufällig, unzeitlich, unbesitzlich – ewig und frei; gerad so alt, wie es diese Attribute aus Volksversammlungen sind. Dass die Volksversammlung unrecht hat, ist eine dumme, von individualen Affen aufgestellte Behauptung. Natürlich, natürlich, sie hat auch nicht recht. Das wissen wir selbst. Aber dazu ist sie gar nicht da. Sie ist da, um festzustellen, Resultate definitiv zu zeigen. Und aus dem einzigen Moment, wo die Kellner und die Biergläser und die Zigarren gleichgültig werden und wo man dran ist, Tische umzuschmeißen – aus diesem Moment kommt ein Sinn hervor, den jeder längst kennt, und den ungestört auszudenken jeder sich schämte. Hier kann – – hier kann das bewusst werden, was wir Geist nennen. Unsere Wucht kann (kann) vorstoßen. Unser Dasein kann einmal im Leben ein Ziel haben: Alles Schwingen Außer-Uns brennt blendend durch unsere Einzelheit hindurch! Gut – mögen einige hingehen und danach Fresken auf Kalkwände malen, dass nach Jahrhunderten versprengte Völker noch in ihnen sich bejaht finden; es mögen Leute diese Sekunde professionell vernutzen, um göttliche Dramen zu schreiben. Doch sagt dies nichts für die Schreiber und Maler, und alles für den Geist. Denn, hören Sie mich für diesen Ton, den wir alle hassen und der uns unsere Kindheit vergällt hat, als wir begannen zu denken. Hören Sie mich für den Ton »Frei«. Wie soll man das sonst nennen, dies lebendige Gewächse, das – nicht mit dem Definitiven, dem Festgestellten, dem in uns allen Gegebenen; mit den Resultaten nicht verkittet ist; nicht wolkig darum brütet, um Realismen oder Mystizismen zu zeugen. – Sondern diese helle, unzweifelbare, nimbische Kraft, die von den Resultaten erst ausgeht, die sie nicht bildet oder umbildet, nicht äußeres oder inneres Ding produziert. – Sondern das Gegebene, letzt Erschienene, Befassbare ... lenkt. Lenkt: des Gelenkten Organisches erweist, sein Wirkungsfähiges. Seine Latenz zum Zusammenhang. Da wird das Gegebene, das Ding, das Körperhafte mit einemmal zum Sammler der Kräfte; zum Bild; zur Haltung, unter der man liebt und hasst. Zum Gleichnis, das zu führen *scheint* und mit dem wir in die ewigen Katastrophen der Empörung stürzen (und das uns zur religiösen oder politischen oder sozialen Draperie wird). Wie soll man das sonst nennen, das die trümmerhafte Zufälligkeit der Massendinge in Notwendigkeit zusammenzwingt, nicht durch Quantitatives, Gleich-ebenes, Stufung, Entwicklung; auch nicht durch »Einswerden«. – Sondern lenkend, lenkend, gerad aus unseren eigenen Entkörperungen, aus unserem Nicht-Bemessbaren und Unzeitlichen; zuletzt gesprochen, aus unserem Menschlichen. Was ist das, wenn nicht der *Freie Geist.*

Wir sind beladen mit dem Gedächtnis an alle Klumpen des Massenhaften, an Daten des Realen, welche alle der freie Geist als Bilder und Kulissen bewegt, hingeworfen, umgeschoben hat. Alles Ding, das nicht belebt ist, wird ja für uns alt und abgebraucht sein. Darum nur schien uns das Feuer und der Wind, und der Meteor und der Blitz, darum dünkte uns das Schöpferische, der Geist, der frei lenkt, alt und verbraucht.

Doch klar zu sein, dass dies da ist, der freie Geist; und mit Willen und Bewusstsein, im schwunghaften Herunterstreifen aller eitrigen Hemmungen, die uns Jahre auf der Haut brannten, laut zu nennen: was wahrhaftig in unserer Welt schafft – ist das noch großer Mut? Es ist nur eine Konfession.

(Erstdruck in: Die Aktion 3, 1913)

Zwei Feststellungen

Ursprache

Dictum ist ein Ausdruck der Esoterik. Von einem kleinen Kreis für einen kleinen Kreis. Eine bessere Welt wird in ihren Geheimnissen allein dem musischen Menschen eröffnet. Bessere Welt? Wir könnten sie brauchen. Aber diese da gilt als besser, weil sie ewig unwirklich bleibt. Ausrede: Man verwirkliche im Gedanken. – Aber welch ein Schwindel, dies! Das bloße Denken ist bestenfalls zur Leitung des Verwirklichens da, zur Ordnung des geschaffenen Raums, aber nie selbst schon Verwirklichung, selbst gänzlich raumlos; ein Vorgang, der in unablässigem Fluss von tausend neuen Vorgängen verdrängt wird. Wahrhaft unwirklich.
Wie feige sind Dichter! Wird tatsächlich mal ein Stück Dichtung verwirklicht, hat tatsächlich sich die Forderung des Menschen durchgesetzt und die Welt geändert, neuen Raum gezeugt, neue Lebensmöglichkeiten geschaffen, dann verlässt gewöhnlich der Dichter seinen Posten (auf den er nun erst stolz zu sein hätte!) und nennt sich Prophet. Wie ausweichend. Wie unverantwortlich!
Die Romantikerhypothese: „Dichtung die Ursprache der Menschheit" – ist Wechselfälschung. Selbst wenn sie deskriptiv richtig wäre, sie ist aber zudem historisch und formell menschlich falsch. Ein Verbrechen als Ausrede.
Was schiert uns die Ursprache, wenn wir tot sind! Was schiert uns die Ursprache; solange nicht einmal erhabene Aussagen von unserem Verhalten

zur Welt – mehr noch und einfacher – Bestimmungen über unser Leben oder unseren Tod!: in unmittelbarer Verständigungssprache über Ozeane und Drahtverhaue hinweg rufen!

Es gilt nicht: Jeden als musisch zu betrachten; – es gilt geringstenfalls: Jeden musisch zu *machen*.

Aufgabe einer *ethischen* Philologie: Internationalisierung des Ausdrucks. Die Lehre: Wichtige Dinge ohne Wortkunst zu sagen.

Dabei schärfste Ablehnung eines Missverständnisses: Die gewaltsam erfundenen Sprachen, Volapük bis Esperanto, sagen Kunstworte für Unwichtiges. In Wahrheit handelt es sich aber darum, unsern Inhaltswert in die Welt zu sprechen, er formt die Sprachen nach ihm; keine Übersetzung wird ihm um die geringste Spur seinen Einfluß auf Menschen mindern können!

Einwand: Die seelische Verarmung.

Gegen den Einwand, und für uns: Was ist Euch wichtiger? Euer Leben zu retten oder Buntheiten zu sehen! Nicht zu Selbstlebensrettern rede ich.

Die zweite Erde

Philolaos, ein Schüler des Pythagoras, dachte sich das Schweben der Erdkugel im Raum so, dass eine andere, ferne Erdkugel unsichtbar ihr an einer Schaukel das Gleichgewicht hielte.

Aber nicht anders ist heute noch die Vorstellung der Künstler von ihrem Werk. Kunst an sich: ein anderes, fernes, fremdes Gebild; eine zweite Erde. Sinkt unsere Erde recht tief, dann schaukelt man schnell hinauf zu der zweiten.

Welcher Mangel an Güte gegen unsere Erde! Man hüpft zu einer andern, anstatt aus der alten Erde eine neue zu bauen.

Doch noch bornierter ist der Aberglaube der Künstler, anzunehmen, es genüge schon Mangel an Güte, um eine zweite Erde – Kunst – zu erschaukeln.

(Erstdruck in: Die Aktion, 7, 1917)

Organ

[Programm der Zeitschrift „Zeit-Echo"]

Eine Zeitschrift hat heute gar keinen lebendigen Sinn. Sie ist ein Konversationsmittel geworden, wie es vor hundert Jahren das Lexikon war. Zeitvertreib mit Betrachtung.

Aber Geschriebenes, Gezeichnetes, Gedrucktes hat nur noch Wert, wenn seine Formulierung äußerste Notwendigkeit ist; wenn es so notwendig ist, dass es aufreizend wirkt durch den Mut zum Schlagwort; wenn seinem Urheber die Hingabe so wichtig ist, dass er auch vor der Einfachheit der Plattitüde nicht zurückschreckt. Also das Gegenteil von Bibliophilie.

Eine Zeitschrift hat auch im besten Fall noch das Unglück, leicht bibliophilen Charakter zu tragen, immer noch nicht unmittelbar zu sein.

Dies eingestanden.

Aber gerade der Inhalt, der Wert, das Geistige, das Wort, das die Menschen vor die Entscheidung zur Unbedingtheit stellt, muss auf die unmittelbarste Art unter die Menschen gebracht werden. Das Ideal ist: das Flugblatt, der bibliothekarisch ganz wertlose Wisch, der einfache bedruckte Fetzen Papier, den man in die Tasche stopft. Oder man wirft ihn weg, und nur darauf kommt es an, dass man ihn nie wieder vergessen kann, wenn man einen Blick auf ihn warf: so tief hat er getroffen.

Eine Zeitschrift wird oft ein *Organ* genannt. Aber die einzige, die allereinzige Existenzberechtigung, die eine Zeitschrift heute noch haben kann, ist, dass sie ein Organ ist. Ein wirkliches Organ, unsymbolisch gemeint. Ein Organ wie Kopf, Augen, Mund, Arme, Beine des Menschen, eine Fortsetzung und Erweiterung der menschlichen Glieder bis zur lebendigen Berührung des andern Menschen.

Eine Zeitschrift ist nicht zur Erkenntnis da. Nicht zur Betrachtung, nicht zum Genuss. Sie ist auch keine Tribüne, an der Meinungen zur Diskussion gestellt werden. Sie hat Lebensrecht nur, wenn sie Bewegung, Griff und Darreichung dieser letzten, unbedingten und verzweifelten Menschen ist, die bereit sind, ihre Person völlig mit ihrer Sache zu identifizieren; die ihr Ziel des Geistes mit jedem Mittel ihres Körpers durchsetzen wollen; denen Reden, Handeln, Schreiben kein Unterschied bedeutet, sondern bloße verschiedene Äußerungsformen der menschlichen Liebestätigkeit. Und die zuletzt gedruckt werden, nicht um des Veröffentlichens willen, sondern nur weil sie so gleichzeitig zu mehr und verschiedeneren Menschen gelangen als allein durch die gesprochenen Worte im kleinen Zimmer.

Jeder weiß heute, dass in allen Ländern die Menschen nur schweigen, weil sie glauben, von den andern nicht gehört zu werden. Aber es gilt nur, ihnen ein Zeichen zu geben, dass das Klopfen ihres Herzens drüben unter den fernen, unbekannten Brüdern wahrgenommen wird, dass ihre Sprache wie ein Händedruck herüberkommt, dass vor dem Geiste die Entfernungen nichts sind: Und Grenzen, Drahtverhaue, Heere sind überholt.

(Erstdruck in: Zeit-Echo 3, Heft 1, 1917)

Nachwort des Herausgebers

Dada, Antidada, schweifende, realitätstranszendierende Phantasten und Wunderdilettanten, in Berlin, Paris und Zürich, sowohl miteinander verbundene als auch gegeneinander kämpfende Polemiker, Weltveränderung, vom Kopf auf die Füße gestellte Philosophen (Karl Marx: „Die Philosophen haben die Welt nur verschieden interpretiert; es kommt aber darauf an, sie zu verändern."), Sprachveränderung, Lebensveränderung, es muss alles neu werden und vor allem anders, Befreier, Zerstörer, Erbauer, Destruktion und Konstruktion, Abbruch, Umbruch. Aufbruch, Revolution, Anarchie, neue Ordnungen, 1880er in den unbehaglichen, unheimlichen, ungeliebten alten und zugleich neuen Zeiten der beginnenden Moderne, einerseits mündend in die Torpedierung aller Traditionen und Werte in den faschistischen Gräueln des Hitlerismus, dem Gulag des jede Hoffnung pervertierenden "Gesamtkunstwerks Stalin" (Boris Groys) und dem Entschwinden von Verantwortung bei den Atombombenabwürfen auf Hiroshima und Nagasaki, andererseits bis heute aktuell, unerledigt fortdauernd.

Hugo Ball, Dadaist, Protagonist des Lautgedichts, geb. am 22.02.1886 in Pirmasens als 5. von 6 Kindern eines Schuhreisenden und Lederhändlers. Katholisch erzogen. Volksschule und Gymnasium in Pirmasens, 1901 Lehre in Lederhandlung, 1904 Abbruch, Privatunterricht, Vorbereitung auf letzte Klasse des Königlich Humanistischen Gymnasiums Zweibrücken, 1906 Abitur. Studium der Germanistik, Geschichte und Philosophie in München und Heidelberg (Wagner, Schopenhauer, Nietzsche). 1909/1910 in Schnaitsee Dissertationsversuch „Nietzsche in Basel". Abbruch des Studiums. Regieschüler am Berliner „Deutschen Theater". 1911, Tragikomödie „Die Nase des Michelangelo". Dramaturg am Plauener Stadttheater und „Münchner Lustspielhaus". 1913, „Aphorismen" in „Jugend", expressionistische Gedichte in „Die Neue Kunst" und „Die Aktion", „Der Henker" in 1. Nummer von Bachmairs „Revolution" (wegen „Verbreitung unzüchtiger Schriften" beschlagnahmt; Prozess – am 6. April 1914 Reichsgericht: „Der Henker" sei unverständlich, verursache keine „schamverletzende Wirkung"). 1914 mit Kandinsky Reform des „Münchner Künstlertheaters". Gemeinsame Gedichte von Ball, Klabund und Marietta di Monaco unter Pseudonym „Klarinetta Klaball". Almanach „Das Neue Theater" als Pendant zum „Blauen Reiter" wegen Kriegsausbruchs obsolet. Klabund und Ball Kriegsfreiwillige, aber

„untauglich". Erbitterter Kriegsgegner. Interesse an Revolution und Anarchie. Tagebuch. „Der Henker von Brescia". „Tenderenda der Phantast". 1915, Beiträge für René Schickeles „Weiße Blätter"; mit Richard Huelsenbeck „Ein literarisches Manifest". 12. Mai 1915: Tumultuarischer Expressionistenabend in Berlin, Prototyp späterer Dada-Soireen. Emigration mit Emmy Hennings nach Zürich. Bekanntschaft mit Fritz Brupbacher (syndikalistische Arbeiterbewegung). Texter und Pianist für das Varieté-Ensemble „Flamingo". 1916, „Cabaret Voltaire" (Treffpunkt pazifistischer Emigranten und Dadaisten) in Zürich. „Totentanz 1916" im „Revoluzzer". „Verse ohne Worte" (Lautgedichte) im „kubistischen Kostüm". 14. Juli 1916: Im Züricher Zunfthaus „I. Dada-Abend" mit dadaistischem Manifest. 1917 temporär mit Tristan Tzara „Galerie Dada". Übersiedlungen nach Ascona, Bern. 1918, „Flametti oder Vom Dandyismus der Armen". 1919, „Zur Kritik der deutschen Intelligenz". 1920, Heirat mit Emmy Hennings. Berlin. Rückwendung zum Katholizismus. Agnuzzo. 1921, München. 1922, Agnuzzo. 1923, „Byzantinisches Christentum. Drei Heiligenlegenden". 1924, Beschäftigung mit Carl Schmitts "Politischer Theologie". Rom. Studium der Psychoanalyse. 1925, Vietri Marina, Albori. Studium von C. G. Jungs Werk. Vietri sul Mare. 1926, Casa Schori, Lugano-Sorengo. 1927, „Die Flucht aus der Zeit", „Hermann Hesse. Sein Leben und Werk". Magenkrebs. Nach Operation in Sant'Abbondio Tod am 14.09.1927.

Carl Einstein, geb. am * 26. April 1885 in Neuwied, zweites und letztes Kind, einziger Sohn des reformjüdischen Religionslehrers, Daniel Einstein, seit 1888 Leiter des israelitischen Landestiftes in Karlsruhe. Einstein besucht dort seit 1894 das Großherzogliche Gymnasium. Am 1. Oktober 1899 stirbt sein Vater in der Nervenheilanstalt Illenau. 1903 muss Einstein während des Abiturs wegen seines aufsässigen Verhaltens, um einer Relegation zuvorzukommen, von der Schule abgehen, macht sein Abitur in Bruchsal, kurze Zeit später bricht er eine Banklehre ab, verlässt Baden, zieht nach Berlin, wo er an der Friedrich-Wilhelms-Universität ein Studium der Philosophie, Kunstgeschichte, Geschichte und Altphilologie aufnimmt. 1906 beginnt er mit der Arbeit am Bebuquin, befreundet sich mit Ludwig Rubiner, mit dem er später der gemeinsamen Leidenschaft für Abenteuerromane, u. a. für "32 Bände Phantomas" (Fantômas von Pierre Souvestre & Marcel Allain, 1911 ff. {der schwarze, skrupellose Meisterverbrecher, das grausame Genie Fantômas steht für Neinsagen, Anderssein, Selbstbestimmung, absolute Freiheit, kein Zwang ohne Staat; 5 Episoden verfilmt von Louis Feuillade, 1913 / 1914}; seine liebsten: Le Pendu de Londres, 1911 und *Le Fiacre de nuit*, 1911) nachts frönt. Nach einer Studienunterbrechung 1907, einem Aufenthalt in Paris und seiner ersten Veröffentlichung: "Herr Giorgio Bebuquin" in Franz Bleis Halbjahresschrift "Die Opale", Abbruch des Studiums Ende 1908. Fertigstellung von "Bebuquin oder die Dilettanten des Wunders" 1909. Aufsätze in literarischen Zeitschriften. 1912 vier Monate in Paris, verkehrt im Café du Dôme mit einer Vielzahl bedeutender moderner Maler und Literaten. "Bebuquin" erscheint in Franz Pfemferts Berliner Verlag der Wochenschrift "Die Aktion". November 2012 bis Anfang 1913 mit Ludwig Rubiner in einem Hotel bei St. Sulpice. Kunstwissenschaftliche Arbeiten, Kunstkritiker. Es beginnt die fortwährende Beschäftigung und Auseinandersetzung mit u. a. „Kunst der Primitiven" Afrikas, Kubismus, Surrealismus, russischem Konstruktivismus. Den I. Weltkrieg erlebt Einstein in den Gräben vor Verdun, verwundet im Lazarett, an der Westfront im oberelsässischen Neubreisach, schließlich in der Zivilverwaltung des Generalgouvernements Brüssel. Sein Kunstbuch "Negerplastik" wird 1915 veröffentlicht. 1916, Liebesbeziehung zu Aga Gräfin von Hagen, Kontakte zu pazifistischen Kreisen. Beteiligung an der „Novemberrevolution", 1918, in Brüssel. Ein Erzählband "Der unentwegte Platoniker". Nach seiner Berliner Rückkehr, 1919, im spartakistischen Umfeld, sporadisch auf der Flucht, im Untergrund. Mit George Grosz Herausgeber von "Der blutige Ernst", bittet Tristan Tzara um Beiträge Züricher Dadaisten. 1920, Abwendung von Dada. Die schlimme Botschaft, 1921; Prozess gegen Einstein und Verleger Rowohlt, 1922, Verurteilung wegen Gotteslästerung. 1926, "Die Kunst des XX. Jahrhunderts". 1927, Trennung von der Gräfin Hagen. 1928, Übersiedlung nach Paris. 1929, mit Georges Bataille, Georges-Henri Rivière und Georges Wildenstein Herausgabe der Zeitschrift "Documents: Doctrines, Archéologie, Beaux-Arts, Ethnographie", die infolge der Weltwirtschaftskrise 1931 eingestellt werden muss. 1932, Heirat mit Lyda Guevrekian, Armenierin aus Persien. Arbeitet an "Die Fabrikation der Fiktionen" und immer wieder auch wie schon seit den 20er Jahren und künftig an einem unveröffentlichten Manuskript, dem "zweiten Teil Bebuquin". Zunehmend finanzielle Probleme, 1933, verzweifelt über politische Lage und Exil, die Auswanderung nach Amerika oder England scheitert, Ende der Mitarbeit bei Kunstzeitschriften, er wird zur Fahndung ausgeschrieben. 1936 als Milizionär der anarchistischen Kolonne Durruti im spanischen Bürgerkrieg, nach dessen Ende, 1939, Flucht nach Frankreich, in Argelès interniert, mittellos von Michel Leiris aufgenommen, im Mai 1940 im Lager Gurs interniert, nach der Entlassung im Juni Flucht vor den anrückenden deutschen

Soldaten, Selbstmordversuch, von Mönchen gerettet, trägt sich mit einem Übertritt zum Katholizismus, erneute Flucht. Am 5. Juli 1940 Selbstmord bei Pau, nahe der spanischen Grenze.

Ludwig Rubiner wurde am 12. Juli 1881 als Sohn eines jüdischen Journalisten und Unterhaltungsschriftstellers in Berlin geboren. 1902-1906 studiert er Kunstgeschichte, Musikwissenschaft, Germanistik und Philosophie in Berlin, wird Vorsitzender der literarischen Abteilung der Berliner Freien Studentenschaft, wendet sich der naturalistischen »Neuen Gemeinschaft« der Brüder Heinrich und Julius Hart zu, wo er mit Erich Mühsam, Franz Pfemfert und Gustav Landauer bekannt wird. 1905 veröffentlicht er in der von Rudolph Pannwitz herausgegebenen Zeitschrift »Charon« erste Gedichte, 1906, literatur- und kunstkritische Arbeiten für »Die Gegenwart«, »Pan«, »Die Aktion«, »Der Demokrat« und andere Zeitschriften, 1908, Italienreise, im »Morgen« werden Rubiners Thesen zur »Politisierung des Theaters« veröffentlicht. 1909, theaterkritische Artikel für die Zeitschrift »Theater«, Russlandreise, Übersetzungen russischer Literatur. 1911, unter dem Pseudonym Ernst Ludwig Grombeck, der Kriminalroman »Die indischen Opale«. 1912, gemeinsam mit Carl Einstein in Frankreich. »Der Dichter greift in die Politik« erscheint in der »Aktion«, »Die Anonymen« (in der Monatsschrift »Der lose Vogel«). 1913, zusammen mit Friedrich Eisenlohr und Livingstone Hahn »Kriminalsonette«. 1914, »Maler bauen Barrikaden« in der Zeitschrift »Die Aktion«. 1915 muss Rubiner Frankreich verlassen, emigriert als Kriegsgegner in die Schweiz. Mitarbeit an der »Neuen Zürcher Zeitung«, an René Schickeles »Die weißen Blätter« und an Pfemferts »Aktion«. Bekanntschaft mit Romain Rolland, Henri Gouilbeaux, Pierre Jean Jouve und Alexander Lunatscharski. 1916, Gedichtsammlung »Das himmlische Licht« als Band 33 in Kurt Wolffs Reihe »Der jüngste Tag«. 1917, Aufsatzsammlung »Der Mensch in der Mitte«, Herausgabe von »Zeit-Echo«, Postament seiner "Geistesrevolution", getragen von »Verantwortlichkeit aller«. 1918, wegen Befürwortung der russischen Revolution Ausweisung, Rückkehr nach Deutschland. Rubiner ediert Leo Tolstois »Tagebuch 1895-1899«. 1919, Lektor im Potsdamer Gustav Kiepenheuer-Verlag. Anthologie »Kameraden der Menschheit. Dichtungen der Weltrevolution«, Drama »Die Gewaltlosen«, postum, 1920, uraufgeführt. Mitglied der Kommunistischen Partei Deutschlands, gründet das Berliner »Proletarische Theater«, Wanderbühne für Arbeiter, und mit Arthur Holitscher, Rudolf Leonhard, Franz Jung und Alfons Goldschmidt den »Bund für proletarische

Kultur«. Am 27. Februar 1920 stirbt Ludwig Rubiner nach einer mehrwöchigen Lungenkrankheit in Berlin.

Das freundliche Tier